Collection rose

François COPPÉE

Contes tout simples

PARIS

LIBRAIRIE A. LEMERRE

2 fr.

2 fr.

Contes tout simples

Petite Collection rose

FRANÇOIS COPPÉE

Contes tout simples

PARIS

LIBRAIRIE A. LEMERRE

La Petite Papetière

DANS le faubourg, — une rue assour-
dissante, populeuse, où, du matin
au soir, les vitres tremblaient au fracas
des camions et des omnibus, — tout le
monde connaissait, estimait et respectait
la petite papetière. Et l'on avait bien raison ; car il ne se pouvait rien voir de plus
gentil que cette blondinette en robe noire
bien ajustée, dans sa boutique si propre-
ment tenue, quand elle pliait lestement

les journaux du soir qui sentaient bon
l'imprimerie toute fraîche. Je dis blondinette, je devrais plutôt dire roussotte;
car la chevelure, trop abondante pour
être toujours bien peignée, tirait sur le
cuivre, et, dans le joli et régulier visage,
dont quelques taches de son piquaient
le teint rose, deux yeux charmants étin-
celaient, couleur de noisette.

Accorte, complaisante, aimable, comme
il faut l'être dans le commerce, mais pas
effrontée pour un liard, avec, dans toute
sa personne, ce je ne sais quoi de décent
qui trahit tout de suite l'honnête fille,
c'était vraiment là un amour de petite
papetière. Si vous aviez demeuré dans
le quartier, je suis sûr que, tous les
matins, en allant à votre atelier ou à
votre bureau, vous vous seriez détourné
de votre chemin afin d'acheter votre
journal chez elle plutôt qu'ailleurs. Ils
n'y manquaient pas, les jolis-cœurs,
vous savez, les commis de magasin, les
miroirs à farceuses, qui logent le diable

dans leur porte-monnaie et ont, quand
même, une cravate fraîche. Mais pas de
danger que personne se risquât à dire
un mot plus haut que l'autre à la jeune
personne. Elle avait l'air bien trop comme
il faut. Et puis le papa était toujours là,
au fond, derrière le comptoir, le papa à
demi paralytique, les mains un peu
tremblantes, ayant, avec ses favoris
blancs, son bonnet grec et son gilet de
tricot, l'air confortable d'un concierge
de maison à ascenseur.

On savait, dans le faubourg, que le
pauvre vieux, qui avait été autrefois
garçon de recette chez un banquier et
qui, depuis son attaque, ne recevait
qu'un secours insuffisant de son ancien
patron, aurait dû aller à l'hospice, sans
sa brave et laborieuse fille. C'était elle
qui le faisait vivre, qui le soignait ten-
drement, qui l'établissait, chaque matin,
dans son fauteuil, avec du linge blanc,
net comme torchette, et qui entretenait
chez lui l'illusion d'être un bourgeois,

un homme établi. Car, bien qu'elle fît
tout à la maison, elle répétait aux voi-
sines : « Si vous saviez combien papa
m'aide !... comme il m'est utile ! » La
vérité, c'est que, les trois quarts du
temps, il tournait ses pouces. Mais lorsque entraient des clients pas pressés,
des gamins de l'école demandant un sou
de plumes de fer, ou la rôtisseuse d'en
face, une bavarde à qui il fallait vingt
minutes pour choisir un agenda, la
petite papetière les faisait servir par le
bonhomme, qui s'en acquittait lentement, maladroitement, en s'appuyant
aux meubles. Et, pour qu'il ne soup-
çonnât pas alors la ruse délicate, sa fille
feignait d'être très occupée et disait à la
pratique : « Vous voyez, sans papa, je
ne m'en tirerais pas... aujourd'hui surtout que j'ai à classer tous mes *bouillons*
de la semaine, pour les hebdoma-
daires. »

Vous pensez bien qu'une adorable
petite papetière comme celle-là, qui avait

atteint ses vingt ans aux dernières giro-
flées, n'aurait pas eu de peine à trouver
un amoureux; et, bien entendu, pour
le bon motif. Mais voilà. Elle était trop
fine, trop « demoiselle », pour se con-
tenter du monde, assez vulgaire, du
faubourg. Un garçon étalier, qui lui
achetait, tous les jours, *la Lanterne*, fit
sa demande et fut éconduit. C'était
pourtant un gars superbe, ayant du bien
chez lui et qui songeait à s'établir; mais
son tablier souillé de sang fit horreur à
la fillette, habituée à ne manier que de
menus objets très propres, et qui éprouvait un plaisir instinctif à toucher du
papier blanc.

Elle découragea aussi, mais avec douceur et sans avoir l'air d'y toucher,
l'amour timide et respectueux dont brû-
lait pour elle le fils de l'épicier du
numéro 24.

Il s'appelait Anatole, et, malgré son
nez retroussé et son air nicodème, il
était plein d'imagination, il ne rêvait

que d'explorations lointaines et d'héroïques aventures. Tous les huit jours, il venait à la papeterie prendre le *Journal des Voyages*, à cause des truculentes images qui représentaient le combat d'un lion et d'un rhinocéros, ou bien un serpent boa absorbant, en pleine forêt vierge, un gentleman vêtu de coutil, avec son casque de liège, ses bottes et sa carabine à deux coups. En acquérant un « Repas d'anthropophages », il fut foudroyé d'amour par la jolie papetière. Mais elle ne répondit point à sa flamme, comme on dit dans les opéras, ne parut même pas s'en apercevoir, et le triste Anatole dut se borner à l'admirer silencieusement, quand elle lui donnait, le samedi matin, une « Chasse aux morses sur une banquise » ou un « Sacrifice humain au Congo ».

Donc, le cœur de l'aimable fille n'avait pas encore parlé, lorsque, un matin, elle vit entrer dans sa boutique, pour y prendre une feuille à cinq centimes, un

grand et maigre garçon, aux cheveux
incultes, tout de noir vêtu, très râpé,
l'air un peu braque, mais avec des yeux
de diamant noir et le sourire d'un jeune
dieu.

Et la petite papetière eut le pressen-
timent soudain qu'elle allait être très
malheureuse.

Il revint chaque jour, jetant un sou
et un regard à la pauvre fille. Mais elle
sentait bien qu'il la regardait sans la
voir.

Elle voulut savoir qui il était, et elle
apprit, par la fruitière, qu'il habitait dans
une mansarde, au sixième étage d'une
maison des environs, d'une maison tran-
quille, où l'on refusait les enfants, les
chiens et les pianos. Elle sut, en outre,
qu'il venait de recevoir congé, attendu
qu'il passait une partie de ses nuits à
se promener de long en large en hurlant
des vers, en sa qualité de poète drama-
tique, et que désormais le propriétaire
était décidé à introduire dans tous ses

baux, comme cas rédhibitoire, l'exercice de cette profession, la considérant comme aussi funeste pour un immeuble que les états à marteaux.

Jusque-là, disons-le, la petite papetière s'était peu intéressée à la littérature. Les confiseurs ont horreur des sucreries; les marchands de journaux n'en lisent aucun. Mais, dès qu'elle fut amoureuse, elle parcourut les feuilles, dans l'espoir d'y trouver le nom de cet homme aux yeux de flamme, qui entrait tous les jours dans sa boutique, sans qu'elle pût jamais obtenir de lui autre chose qu'un sourire de politesse, de ce beau dédaigneux, qui lui avait si profondément troublé le cœur.

Et elle le trouva, ce nom, elle le retrouva, chaque matin, à la fin de bien des pages qui lui firent de la peine, car le poète publiait alors obscurément, dans un journal peu répandu, un roman-feuilleton, où ce pauvre diable qui logeait au premier en descendant du ciel, et dont la redingote montrait la corde, ne parlait, tout naturellement, que de courtisanes folles de luxe et de duchesses à trente quartiers.

Et, chaque fois qu'il entrait dans la boutique pour acheter son journal d'un sou, la pauvre fille était maintenant encore plus malheureuse et n'osait même plus souhaiter qu'il fît attention à elle, dans la crainte d'être méprisée.

Cela dura des mois, de longs mois. Car le poète logeait toujours dans le quartier. Il avait trouvé, au fond d'un jardin, un réduit d'où on ne l'entendait pas vociférer; et le nouveau propriétaire le tolérait là, à peu près comme il eût permis à son autre locataire, le marchand de vin, de laisser jouer du cor de chasse dans sa cave. Cela dura de longs mois, plus d'une année, pendant laquelle la romanesque petite papetière rêva beaucoup, soupira souvent, et même pleura quelquefois sur son oreiller.

Puis le poète déménagea, ne revint

plus. Elle en eut un gros chagrin et ne le dit à personne. Du temps passa encore. Elle se consola un peu. Son père, qui sentait venir sa fin, lui conseillait de se marier. Mais aucun homme ne lui plaisait. Le vieillard mourut. Elle resta toute seule, avec sa tristesse, et, comme certaines blondes à peau très fine, se fana de bonne heure, eut assez vite presque l'air d'une petite vieille.

Enfin, un jour, — oh! plus de douze ans s'étaient écoulés, — elle apprit, par les journaux, que son client d'autrefois venait de faire représenter, avec éclat, un grand drame en vers au Théâtre-Français, qu'il était désormais riche et célèbre. Et elle en fut comblée de joie, dans son bon cœur.

L'*Illustration* publia le portrait du triomphateur, rajeuni par le succès, beau comme jadis, superbe. Elle contempla la gravure avec mélancolie et elle venait de le suspendre, non sans un peu d'orgueil intime, à son étalage, lorsqu'elle vit arriver son ex-admirateur, Anatole, qui n'avait point fait le tour du monde et était devenu tout simplement, par droit de succession, l'épicier du numéro 24. Aujourd'hui, marié et père de famille, l'homme au nez retroussé ne se souvenait plus de sa passion pour la petite papetière et ne venait plus chez elle que pour acheter le *Journal des Voyages,* car il avait conservé son ancien goût.

Elle eut l'espoir que l'épicier remarquerait le portrait de l'*Illustration,* qu'il aurait entendu parler du drame applaudi, de l'auteur fameux en un jour, qu'elle pourrait rappeler à Anatole que cet auteur avait été leur voisin, dans le temps, qu'il venait chaque matin prendre un journal chez elle... Et, tout en causant, — oui, maintenant qu'elle était presque une vieille femme, — eh bien ! elle aimerait à confier à ce témoin de sa jeunesse enfuie que le glorieux poète l'avait rendue rêveuse autrefois et lui avait inspiré un sentiment. Et cet aveu serait pour elle une grande douceur.

Mais le maniaque Anatole, entré brusquement dans la boutique, prit silencieusement son journal — dont la première page représentait, ce jour-là, le shah de Perse faisant empaler son conseil des ministres — et, jetant deux sous sur le comptoir et un bref bonjour à la marchande, il s'en alla.

Alors la petite papetière poussa un gros soupir; et personne n'a jamais su son secret.

L'Adoption

Depuis vingt ans, Jean Vignol écrivait des romans-feuilletons pour les journaux populaires, des romans où il n'était question, comme de juste, que d'assassinats et d'enfants substitués à d'autres dès le berceau. Il n'était vraiment pas plus maladroit que ses rivaux dans cette spécialité. Si jamais vous faites une dangereuse maladie — ce dont Dieu vous garde! — et si vous ne savez comment remplir les heures d'ennui d'une longue convalescence, lisez les *Mystères de Ménilmontant,* qui n'ont pas moins de vingt-cinq mille lignes. Vous retrouverez là tous les ingrédients accoutumés de cette cuisine littéraire.

Le début est saisissant, surtout, quand ce scélérat de duc de Vieux-Donjon, à la sortie de l'Opéra, descend dans l'égout collecteur, où il a rendez-vous avec un forçat libéré de sa connaissance, qui doit lui remettre des papiers susceptibles de perdre la belle marquise des Deux-Poivrières, laquelle, ayant été changée en nourrice, n'est pas la fille d'un grand d'Espagne de première classe, comme tout le faubourg Saint-Germain en est convaincu, mais bien celle d'un ébéniste de la rue Popincourt, jadis condamné à mort par suite d'une erreur judiciaire et guillotiné, selon les rites, au lieu et place du forçat à qui le duc a donné ce rendez-vous inconfortable et souterrain.

Vous voyez, d'après ce simple exemple, que Jean Vignol connaissait parfaitement son métier.

Pourtant le pauvre homme, ne réussissait guère, avait beaucoup de mal à

placer sa « copie », vivait fort chiche-
ment. Ah ! voilà. C'est d'abord qu'il
n'avait pas de chance, et puis qu'il était
un modeste, un timide, ne sachant pas
jouer des coudes, faire son chemin à la
mode américaine.

Bien entendu, il n'avait pas débuté
dans les lettres par le roman-feuilleton.
Il conservait toujours, au fond d'un
tiroir, mais sans espérance de les mettre
au jour, ses deux ouvrages de jeunesse,
composés par lui du temps où il avait
encore tous ses cheveux et l'ambition
du grand art. C'était d'abord le manuscrit d'un volume d'élégies, *Fleurs de
poison,* où le poète se plaignait notam-
ment des infidélités d'une jeune personne qu'il désignait sous le romantique
pseudonyme de Fragoletta et qu'il com-
parait à toutes les amoureuses célèbres
depuis l'antiquité la plus reculée jusqu'à nos jours, tandis que, dans la réalité des faits, l'inconstante demoiselle
se nommait Agathe et était trottin chez

une fleuriste. L'autre manuscrit, plus volumineux, contenait un drame très horrifique et moyenâgeux, portant ce titre sanglant, *les Écorcheurs*, et tout le long duquel des gens coiffés du chaperon et chaussés de souliers à la poulaine se passaient réciproquement au travers du corps des épées à deux mains et des tirades à n'en plus finir.

Malheureusement, les drames en vers ne sont pas comestibles, et les *fleurs de poison* ne peuvent pas même servir, comme les capucines, à parer la salade. Il fallait vivre là-haut, à Belleville, dans le petit logement, au cinquième étage, où Jean Vignol habitait avec sa mère, tordue de rhumatismes et gémissant du matin au soir. Pour gagner quelque argent — oh! très peu — le poète devint romancier populaire, à peu près comme un peintre raté se fait photographe.

Doux et résigné, il accepta le métier, y mit tous ses soins, mais, comme nous l'avons dit, sans grand succès. C'était

assez juste, après tout. car il manquait
de conviction, de sincérité, ne prenait
pas assez au sérieux ses marquises qui
avaient pour père un ébéniste guillotiné
et ses ducs qui se promenaient dans les
égouts en pelisse de fourrure et en cravate blanche.

Le directeur du *Petit Prolétaire*, où
Jean Vignol publiait ses histoires à dormir debout, le lui disait tout crûment :
« Mon cher, on sent que vous n'y croyez
pas, » et ne le payait que deux sous la
ligne. Le pauvre garçon savait qu'il était
supérieur à sa grossière besogne, en
souffrait, poussait souvent un gros soupir. Mais quoi ? c'était sa destinée, et,
pour faire bouillir son maigre pot-au-
feu, il s'épuisait à inventer des aventures de plus en plus extravagantes.

Une fois, par exemple, il n'aurait pu
payer deux termes en retard et il eût
sans doute été saisi, s'il n'avait, au dernier moment, obtenu une avance du
directeur du *Petit Prolétaire,* séduit par

le sujet d'un roman dont voici en substance le premier feuilleton : « Un musicien de l'orchestre de l'Ambigu, qui est d'ailleurs, sans s'en douter, le bâtard d'un pair d'Angleterre, rentre chez lui après le spectacle et découvre un squelette dans l'étui de sa contrebasse ». *La suite au prochain numéro.*

Tant que la maman avait vécu, Jean Vignol, modèle de piété filiale, avait assez bien supporté la vie. Mais, depuis deux ans qu'il était seul au monde, — point de parents, peu d'amis, des habitudes casanières, — il s'ennuyait ferme, dans son haut logis de Belleville.

Il était, à présent, un petit homme de quarante-sept ans, avec un commencement de bedaine, une large barbe noire, un nez socratique, des yeux de bon chien et l'épi de Saint-Pierre sur un crâne beurre-frais. Ayant peu de santé et un estomac de deuxième classe, il avait même dû renoncer aux consolations du tabac. Jamais les personnages ordinaires de ses fictions, — assassins en gants jaunes ; vertueuses ouvrières mises à mal et lâchement abandonnées par un vil aristocrate ; généreux ingénieurs, sortis de l'École Centrale, fils de leurs œuvres, et obtenant, au dénouement, le ruban rouge et la main de la jeune personne dix fois menacée, dans le cours du roman, des pires outrages, — jamais, dis-je, toutes les marionnettes de son guignol mélodramatique ne lui avaient semblé plus fastidieuses. Positivement, le malheureux se dégoûtait de son métier.

« Quelle scie ! se disait-il un soir de veille de Noël, en montant avec lenteur ses cinq étages, car il devenait un peu asthmatique. Quelle scie ! Voilà qu'ils trouvent encore, au journal, que ma dernière machine, *Mazas et Compagnie,* manque de coups de couteau. Il va falloir que je ressuscite Bouffe-Toujours, mon forçat, que j'ai fait précipiter, il y a huit jours, du haut de la Tour Eiffel,

et que je lui fournisse des victimes...
Et, après cette complaisance, vous verrez
qu'ils refuseront encore de me mettre à
vingt centimes la ligne... Ah ! la chienne
de vie ! »

Rentré chez lui, il éprouva plusieurs
menus désagréments. Après un regard
de mélancolie à son râtelier de pipes,
pareil au harem d'un sultan qui a re-
noncé à la bagatelle, Jean Vignol s'aperçut que son feu de coke, qu'il avait
pourtant bien couvert de cendres avant
de sortir, était complètement éteint. Il
dut, pour le rallumer, se salir les mains
au mâchefer. Sa lampe avait été mal
préparée, le matin, par la portière ; il
fut obligé de changer la mèche ; alors
seulement il s'aperçut qu'il n'y avait
plus que deux allumettes dans sa boîte
de « suédoises ».

« Tonnerre de brindezingue ! s'écria-
t-il, en lâchant son juron favori. Me
voilà frais, si mon feu ou ma lampe
s'éteignent encore... Car il faut que je

passe la nuit pour ressusciter ce forçat...
Un joli réveillon, entre parenthèses!...
Et cinq étages à descendre et à remon-
ter, d'abord, pour ces allumettes... Ah!
mais non! je vais en demander quel-
ques-unes à la voisine. »

La voisine, c'était la mère Mathieu,
une pauvre vieille, dont la fille, récem-
ment abandonnée par son mari, était
morte en couches, au mois de juillet.
Le petit avait cinq mois, et l'aïeule,
couturière à la mécanique, l'élevait au
biberon. Bien de la misère, dans ce
taudis-là. Le romancier, qui était un
brave homme, y était entré quelquefois
et y avait laissé sa pièce de cent sous,
bien qu'il n'en eût pas de trop pour lui-
même.

« Toc... toc... Bonsoir, mère Mathieu.
Donnez-moi donc quelques allumettes. »

Mais il s'arrêta sur le seuil, tout interdit. A la lueur d'un bout de bougie,
la vieille femme, accroupie, roulait et
ficelait son unique matelas. Près du

méchant lit de bois rouge, où ne restait plus que la paillasse, l'enfant dormait dans un berceau d'osier.

« Eh ! mère Mathieu, qu'est-ce que vous faites donc là ?

— Vous le voyez bien, monsieur Vignol, répondit la vieille toute pleurnichante. Je vas porter ça au Mont-de-Piété, et il faut que je me dépêche; car le bureau ferme à huit heures... On me donnera toujours bien dix francs... C'est de la bonne laine, allez...

— Comment ! Votre seul matelas ?...

— Il faut bien... Figurez-vous que ma sœur cadette, veuve comme moi, celle qui reste aux Lilas et qui fait des ménages, vient encore de s'aliter, et qu'on ne veut pas d'elle à l'hôpital, rapport à ce qu'elle a une maladie chronique... Alors, je dois l'aider un peu. Elle a été si bonne pour moi... Je coucherai quelques jours sur la paille. On n'en meurt pas... Car j'espère bien dégager mon matelas, quand je toucherai ma quinzaine... Ce qui m'inquiète, c'est le petit. Il me faut au moins une heure pour aller au Mont-de-Piété et chez ma malade. D'ordinaire, je le confie à la concierge, qui est une bonne femme... Mais vous avez vu? Ce soir, veille de Noël, ils ont un repas de famille, dans la loge, et ils en sont aux chansons du dessert... Comment que je vas faire pour le gosse? »

Vivent les pauvres gens! Jean Vignol a des larmes plein ses yeux de bon chien.

« Pas de ça, mère Mathieu!... Laissez votre literie. J'ai encore quinze francs. En voilà dix... Et courez chez votre sœur... Quant au mioche, eh bien! portez-le chez moi. Il dort comme un bienheureux; il ne m'empêchera pas de travailler... Et puis, s'il se met à faire de la musique, eh bien! ce n'est pas si malin de le bercer et de lui donner à boire. »

C'est la vieille, maintenant, qui est

contente. « Ah! mon brave, mon gentil monsieur Vignol! » Et l'on installe le berceau près de la table à écrire du romancier, et la mère Mathieu se sauve en marmottant des bénédictions. Et, resté seul avec le petit, l'écrivain se met à rire tout bas dans sa grande barbe.

« Allons! me voilà nourrice sèche. »

Tout ragaillardi par sa bonne action, il s'installe sous sa lampe, prend la plume. Car, bigre! ne l'oublions pas, c'est demain matin qu'il doit envoyer à l'imprimerie son feuilleton. Tout le roman est modifié par la résurrection de ce Bouffe-Toujours. Mais, ce soir, il est en train, le conteur. Son forçat, précipité du deuxième plateau de la Tour Eiffel par un élégant gredin, un vicomte descendant des Croisades et membre du Jockey-Club, attrape une barre de fer à la volée et dégringole jusqu'au quai avec l'agilité d'un ouistiti. Après-demain, il poignardera trois sergents de ville. J'espère que les abonnés vont en avoir, des émotions.

Soudain le petit commence à piauler. Jean Vignol, amusé par ses nouvelles fonctions, prend le biberon, fait boire l'enfant, pas trop maladroitement, ma foi! pour un début, puis le berce et le rendort.

Mais le romancier ne retourne pas à sa table. Il reste là, pensif, à regarder ce pauvre petit être, la tête au fond de l'oreiller et serrant ses deux poings mignons sur sa poitrine emmaillotée.

Les berceaux? Les enfants? S'en est-il assez servi, Jean Vignol, dans ses absurdes romans! Comme il les trouve stupides, à cette heure, toutes ces invraisemblables histoires d'enfants volés et substitués les uns aux autres! Un enfant! En voilà un, pour de bon, un orphelin, un fils de la misère! Que deviendra-t-il? Sa grand'-mère est vieille, épuisée de travail et de privations; elle n'ira pas loin. Alors il sera un de ces petits malheureux que

l'Assistance publique élève par milliers
et qui tournent mal, le plus souvent.
C'est parmi eux que se recrute l'armée
des malfaiteurs, des futurs forçats, —
les vrais, ceux-là. — Ce pauvre mioche !
Qu'est-ce que la vie lui réserve ? La vie !
Un mystérieux roman, qui devient plus
incompréhensible à chaque feuilleton et
dont le monotone dénouement n'explique
rien !

Jean Vignol tombe dans une doulou-
reuse rêverie. Il n'est pas tout à fait mort
en lui, le poëte qu'il a rêvé d'être, quand
il était jeune. Voilà, maintenant, qu'il
se souvient que c'est demain Noël, et
que, devant ce berceau, il songe à l'Enfant qui dormait sur la paille d'or, dans
l'étable de Bethléem. Il était venu au
monde, celui-là, pour ordonner aux
hommes de s'aimer les uns les autres,
et, bien que les églises où l'on prêche
sa doctrine depuis deux mille ans soient
encore debout, le mal et la misère
existent toujours.

L'enfant matériellement et morale-
ment abandonné, l'enfant dédié, par une
sorte de fatalité sociale, au vice et au
crime, voilà le livre qu'il faudrait écrire,
en y laissant couler toutes les charités,
toutes les tendresses, toutes les indigna-
tions, toutes les colères de son cœur.
Voilà le roman que Jean Vignol de-
vrait faire, si... Mais à quoi pense-t-il ?
Jean Vignol n'a pas de talent, n'en a
jamais eu. Et il le sait bien. Et si des
larmes l'étouffent en ce moment, il pleure
à la fois sur l'infortune de ce pauvre
enfant et sur sa propre impuissance.

Cependant la porte s'ouvre. C'est la
mère Mathieu qui revient tout essoufflée.
Oh ! qu'elle est fatiguée et caduque ! Et
quel lamentable visage aux mille rides,
entouré du lainage noir !

Tant pis ! le brave homme cède au
désir qui le tourmente depuis quelques
minutes.

« Écoutez, mère Mathieu, j'ai réfléchi
pendant votre absence... Du temps de

maman, je gagnais assez pour deux...
Eh bien ! je vous prends avec moi, voulez-vous ?.. Vous vous occuperez du
ménage, et je vous aiderai à élever le
petit. »

La pauvre femme pousse un cri,
tombe sur une chaise, se voile la face
de ses mains ; et comme l'enfant, éveillé
en sursaut, se met aussi à gémir, Jean
Vignol le prend dans son berceau, le regarde de près et pose sur sa joue molle
et tendre un baiser déjà paternel...

Mais ce n'est pas tout. Savez-vous que
la généreuse conduite de Jean Vignol a
été, pour lui-même, très avantageuse ?
Il continue, bien sûr, à servir les mêmes
balivernes à son public spécial. Pourtant, il y a dans son dernier roman,
l'Orphelin de Belleville, on ne sait quoi
qui n'était pas dans les autres et qui a
fait sangloter les grisettes. Le tirage du
Petit Prolétaire en a monté, et l'écrivain
a désormais ses quatre sous la ligne.

L'ouvrage a même été reproduit dans plusieurs feuilles de province ; et comme, l'autre jour, Jean Vignol était venu toucher ses droits à la caisse de la Société des Gens de Lettres, il a eu la seule joie de sa vie littéraire.

Le plus illustre, le premier des romanciers de ce temps lui a touché l'épaule devant le guichet :

« Dites donc, monsieur Vignol, j'ai lu deux ou trois feuilletons de vous, ces jours derniers... et j'ai trouvé là des choses très bien, très sincères, très émues, sur les enfants... »

Le pauvre homme en rougit jusqu'aux oreilles.

« Merci bien, mon cher maître, répondit-il en bégayant de plaisir. Mais c'est que... voyez-vous... maintenant... quand j'écris quelque chose sur les enfants... je travaille d'après nature. »

Pilier de Café

Pendant les quinze ans qu'avait duré son premier mariage, Mme Râpe n'avait pas eu beaucoup d'agrément, attendu que son mari, l'un des plus forts droguistes en gros de la rue de la Verrerie, passait, par mauvaise habitude, toutes ses soirées au café. Pas d'autre reproche à lui faire. Très bon commerçant, — même un peu filou, ce qui ne gâte rien, — M. Râpe avait fait d'excellents coups dans les ricins et dans les cacaos, et la maison prospérait. Enfermée, tout le jour, devant le grand-livre, dans une cage de verre, au milieu du magasin imprégné de violentes odeurs, Mme Râpe avait la satisfaction de constater, à chaque fin de mois, un bénéfice considérable. Et, comme le but de la vie, n'est-ce pas? est d'empiler des écus, cette femme de tête, cette correcte bourgeoise, rendait justice à son mari. Seulement, comme on fermait boutique à six heures et demie, qu'on se mettait à table à sept, et que M. Râpe, aussitôt après le dessert, prenait sa canne et son chapeau et ne revenait qu'à minuit du *Café du Gaz*, Mme Râpe, qui n'avait pas d'enfants, s'ennuyait ferme pendant les longues soirées et bâillait sur son tricot.

Les dimanches et les jours fériés, le droguiste consentait à promener un peu sa femme, dans l'après-midi ; mais c'était tout. Aussitôt après le roquefort ou le camembert, « Monsieur » filait au café comme d'habitude, et laissait son épouse dans la solitude. A peine la menait-il, deux ou trois fois par hiver, à l'Opéra-Comique, selon le rite très rigoureusement observé par la bourgeoisie parisienne, — et encore M. Râpe allait-il là comme un chien qu'on fouette.

Mme Râpe était une personne incapable de trahir ses devoirs; mais elle ne pouvait se défendre d'une sourde irritation. Soyez donc une honnête femme, une associée utile et laborieuse, passez donc toutes vos journées dans une prison transparente, la plume à la main, à écrire des chiffres sur un gros registre, pour que votre mari vous en récompense si mal et préfère à votre société celle de cinq ou six videurs de bocks, tout au plus bons, entre deux parties de cartes ou de jacquet, pour prédire la chute du cabinet à brève échéance; ce qui n'est vraiment pas malin, puisque la France s'offre en moyenne, deux fois par an, sa crise ministérielle, à peu près comme les Anglais se purgent aux deux équinoxes.

Peu à peu, Mme Râpe avait pris en grippe son époux. Aussi, lorsqu'il mourut subitement, — méfiez-vous de l'atmosphère surchauffée des estaminets, en hiver ; un chaud et froid, en sortant, et votre affaire est faite, — lors donc qu'il mourut, sa veuve ne lui accorda qu'une quantité de larmes assez raisonnable et fut rapidement consolée. Elle avait de l'aisance, — vingt mille livres de rentes, sans compter la maison de commerce dont la vente produirait une forte somme, — elle venait seulement d'atteindre sa trente-sixième année, et son armoire à glace lui présentait l'image d'une forte brune, encore appétissante, malgré son soupçon de moustache. Avant l'expiration du délai légal, Mme Râpe caressa le projet de se remarier.

Or, le premier commis de la maison était un certain M. Rozier, bel homme, ancien sous-officier, avec cet air mauvais sujet qui plaît aux dames. Du vivant même de feu Râpe, la patronne, dans sa prison vitrée, regardait parfois avec bienveillance ce solide gaillard. Veuve, elle le considéra comme un parti très convenable. D'abord, plus besoin de vendre le fonds et de renoncer à des gains légitimes. Le commis était plus jeune qu'elle, soit. Mais l'armoire à glace, la flatteuse armoire à glace, affirmait à la belle droguiste qu'elle pouvait encore être aimée. Et puis, voyons, « Madame Rozier », cela sonnait mieux que « Madame Râpe ». Et c'était la même initiale pour le linge et pour l'argenterie.

Treize mois après l'enterrement du droguiste, où se remarquait une couronne avec cette inscription : « Les habitués du *Café du Gaz* », la veuve convolait en secondes noces ; et, sur l'enseigne de la boutique, au-dessous de la mention : « Maison Râpe », le peintre en bâtiment eut bientôt fait d'écrire : « Rozier, successeur ».

Tout marcha bien, pendant les trois jours de lune de miel, à Fontainebleau. Mais, dès le premier soir du retour à Paris, Rozier, après s'être levé de table, prit son chapeau et sa canne.

« Où vas-tu donc? lui demanda sa femme, alarmée soudain.

— Mais je sors un instant pour prendre l'air, répondit-il du ton le plus naturel. Je vais faire un tour au café. À tout à l'heure. »

Et il ne revint qu'à minuit, comme le défunt.

Mme Rozier fut consternée. Elles allaient donc recommencer, les interminables soirées d'ennui, de tricot et de solitude. Et le plus terrible, c'était que la malheureuse adorait déjà son mari, qui, en matière de femme et d'amour, s'y entendait singulièrement mieux que le sieur Râpe.

Elle réprima son dépit, interrogea tout doucement son Achille — il s'appelait

Achille — au déjeuner du lendemain :

« Tu vas donc tous les soirs au café ? »

La réponse fut décourageante.

« Sans doute, comme tout le monde...
Le patron allait au *Café du Gaz*, moi je
vais au *Café de la Garde nationale*... Tu
sais bien, dans la rue de Rivoli... Ils
sont à une portée de fusil l'un de l'autre.

— Et vraiment, reprit-elle d'une voix
altérée, tu n'aimerais pas mieux rester
chez toi... auprès de ta petite femme ?

— Si fait... Mais que veux-tu ?...
Quand je ne sors pas après dîner, je ne
digère pas, je dors mal... Je sais bien,
oui, te tenir compagnie, ce serait bien
plus gentil... Mais tu as besoin de te
coucher de bonne heure... Et, je t'assure,
c'est nécessaire, c'est même indispen-
sable d'aller au café, pour un négociant.
On rencontre là des connaissances, on
apprend des nouvelles, on fait des affaires, tout en battant les cartes... Et puis...
et puis, quoi ? J'en ai l'habitude. »

Pour l'en guérir, elle essaya de tous

les moyens. Elle le supplia et vit qu'elle l'importunait; elle fit des scènes et sentit qu'elle allait lui devenir odieuse. Déjà, là désunion s'introduisait dans le ménage; et Mme Rozier était folle de son Achille.

Alors, l'amour donna de l'imagination à cette femme positive. Qu'est-ce qui pouvait donc attirer ainsi les hommes au café? La compagnie? Le milieu? Le décor? Mais s'ils avaient tout cela au logis, pourquoi n'y resteraient-ils pas? L'estaminet chez soi. Telle était la question.

Elle essaya de la résoudre. A force de prières, elle décida son Achille à passer quelques soirées à la maison, avec ses camarades, et elle s'ingénia pour qu'ils y trouvassent les voluptés spéciales qu'ils allaient chercher au café. L'appartement subit une transformation radicale. Le meuble de salon fut remplacé par des tables de marbre fixées au sol et par des banquettes de molesquine. Le gaz se substitua aux carcels de famille, et le

piano fit place à un comptoir, où Mme Rozier, coiffée et pommadée avec soin,
trôna désormais entre des édifices de
bois à punch et des trophées de petites
cuillers. La salle à manger devint une
salle de billard. L'établissement fut
pourvu de tous les jeux de société et de
consommations, de premier choix. Il y
eut des journaux fixés à des planchettes
de bois. Enfin tout fut étudié et « pio-
ché » dans les moindres détails, afin de
donner une illusion complète. Mme Rozier,
par exemple, obtint du domestique qu'il
adoptât la petite veste et le tablier blanc,
et qu'il laissât pousser ses favoris. Il
apprit la mélopée particulière pour crier
« un bock à l'as », attrapa le tour de
main pour relever bruyamment la cafe-
tière de métal, quand le consommateur
ne voulait pas « de bain de pied », et
même, par un raffinement de couleur
locale, il jeta, deux ou trois fois par soi-
rée, des poignées de sciure de bois sous
les tables.

Tout d'abord, M. Rozier et ses amis applaudirent à ce beau trait de dévouement conjugal. Ils adoptèrent d'autant plus facilement cet estaminet privé que les rafraîchissements y étaient gratuits. Chaque soir, après le traditionnel et inoffensif doigt de cour à la patronne, en passant devant le comptoir, ils allaient prendre leur pipe au râtelier, s'installaient et, tout en tripotant la dame de pique, blâmaient les actes du gouvernement. Mᵐᵉ Rozier eut la joie de contempler, de neuf heures à minuit, le visage de son Achille — un peu voilé, il est vrai, par un nuage de tabac — et d'entendre sa voix bien-aimée dire, de temps à autre, « j'en donne », ou encore « je coupe, et atout ». La belle droguiste put alors se flatter d'avoir enchaîné son mari auprès d'elle, d'avoir fait de lui un homme d'intérieur, un gardien du foyer.

Mais cette chimère dura peu. Au bout d'un mois, Mᵐᵉ Rozier s'aperçut qu'Achille s'ennuyait, éprouvait une tris

tesse, une nostalgie. Ses camarades, eux
aussi, semblaient atteints de la même lan-
gueur. Quelque chose leur manquait,
visiblement. Mais quoi?

Éperdue d'inquiétude et sentant que
son rêve de retenir Achille à la maison
allait s'évanouir, elle voulut s'expliquer
avec lui, lui parla avec tendresse et
bonté :

« Voyons... Dis-moi, franchement...
N'est-ce pas chez nous comme dans un
café ?

— Eh bien! non, répondit le pilier
d'estaminet. C'est cela et ce n'est pas
cela... Tu veux la vérité? Eh bien! la
voici... *La bière manque de pression...* »

Et, dès le lendemain, abandonnant
Mme Rozier à son désespoir, entre deux
pyramides de morceaux de sucre, Achille
et ses compagnons retournèrent au *Café
de la Garde nationale.*

Maman Nunu

Mes parents n'étaient pas assez riches pour avoir une servante. Certes non, les pauvres gens ! et je me souviens même qu'elles duraient très longtemps, les redingotes à collet de velours de mon père, et que maman faisait assez souvent de petits savonnages. Dès le matin, le pauvre homme s'en allait à son ministère, emportant dans sa poche un morceau de pain fourré de charcuterie pour son déjeuner; mes deux sœurs — elles étudiaient la peinture — partaient pour leur atelier, et tandis que la cadette, celle qui devait mourir à vingt-trois ans, hélas! et que nous appelions alors « la grosse Marie », finissait le ménage, ma pauvre mère s'installait à son petit bureau, près de la fenêtre, et commençait à copier des mémoires de charpente ou de serrurerie pour les entrepreneurs du voisinage. Or j'étais alors un important personnage de six ans, désigné ordinairement par le sobriquet de « Cicis », un gamin maladif vêtu d'un petit caban de drap écossais, à carreaux blancs et rouges, chef-d'œuvre de l'industrie maternelle, dont j'étais très fier. Ma sœur Marie, bien que déjà elle se rendît utile à la maison, n'avait que trois ans de plus que moi, et d'aussi jeunes enfants avaient besoin d'exercice et de grand air.

Aussi, vers midi, la mère Bernu, une pauvre vieille du quartier, venait nous

prendre tous les deux pour nous mener
à la promenade. Elle déjeunait sur un
coin de table et maman lui donnait dix
sous. Avec cette petite ressource, les
secours du bureau de bienfaisance et
quelques autres aumônes peut-être, elle
trouvait encore moyen de vivre; et mes
humbles, très humbles parents, qui, par
des prodiges d'économie, conservaient
dans la pauvreté un air de décente bourgeoisie, devaient lui faire l'effet de puis-
sants capitalistes.

Très âgée, avec un bonnet d'aïeule
campagnarde d'une blancheur éclatante,
une robe brune à petites fleurs et un
châle vert toujours tiré à quatre épingles,
« maman Nunu », comme nous la nom-
mions, offrait un visage aux traits réguliers, ridé comme une pomme de con-
serve, où quelques poils blancs frisaient
autour d'une bouche édentée. Elle était
d'une propreté scrupuleuse, conservait
les formes polies du peuple d'autrefois,
et, ayant eu elle-même une nombreuse

famille, s'entendait à merveille au gouvernement des bambins.

Maman Nunu nous emmenait donc,
ma sœur Marie et moi, dans les avenues
désertes qui rayonnent autour des Invalides. J'habite aujourd'hui de ce côté; je
suis revenu là, poussé par un irrésis-
tible attrait; car le Parisien est plus fidèle qu'on ne croit à ses souvenirs d'enfance et garde un sentiment attendri
pour son quartier natal. Il y avait à
cette époque, sur ces lointains boulevards, de magnifiques ormes qui ont été
coupés pendant le siège, de vieux bancs
de bois vermoulu, des fossés pleins
d'herbe et des réverbères à potence datant du Paris révolutionnaire, des réverbères à pendre l'aristocrate. C'était un
lieu mélancolique, presque agreste, très
solitaire. On n'y rencontrait que de
rares invalides, — ancien modèle, —
avec l'habit bleu à pans retroussés et le
grand tricorne à cocarde, porté en ba-
taille, ou des pauvresses à cornettes

de nonnes et à fichus croisés sur la poitrine, qui vivaient de la charité des hôtels et des couvents du faubourg Saint-Germain, tout proche, et qui, dans la journée, se chauffaient sur les bancs au soleil. La mère Bernu prenait place auprès d'elles et faisait volontiers un bout de causette, tandis que, Marie et moi, nous nous accroupissions à ses pieds et jouions avec le sable.

Mais, si petit bonhomme que je fusse, j'avais déjà de l'imagination, et les récits que la mère Bernu faisait à ses simples compagnons m'intéressaient puissamment. Écoutée avec respect à cause de son grand âge, elle leur parlait souvent, comme d'une personne considérable et qui faisait honneur à sa famille, de sa fille, l'unique enfant qui lui restât, — car les autres, tous des garçons, avaient été tués pendant les guerres de l'Empire, — de sa fille qui tenait la loge d'un hôtel du faubourg Saint-Honoré, où son mari était cocher, et qui, par un

hasard ironique, s'appelait Madame Napoléon. Ce nom de Madame Napoléon,
qui revenait constamment dans les dis-
cours de la mère Bernu, exerçait sur
moi une sorte de fascination, et je ne
pouvais me figurer la concierge du faubourg Saint-Honoré que coiffée de la
couronne et traînant le manteau impé-
rial. Un jour, maman Nunu nous conduisit chez sa fille : c'était une grosse
commère, déjà vieille, qui nous offrit
des tartines d'excellent raisiné. Mais mon
cerveau d'enfant ne voulut pas admettre
cette réalité, et, même après cette visite,
le nom prononcé de Madame Napoléon
n'évoqua jamais dans ma pensée que
l'image d'une radieuse impératrice.

Comme toutes les personnes âgées, la
mère Bernu, dans ses entretiens du bou-
levard des Invalides, remontait volontiers vers ses plus lointains souvenirs.
Elle avait dîné dans la rue, sur une
table dressée devant sa maison, le jour
de la Fédération ; elle avait vu passer

Marie-Antoinette dans la charrette, « en camisole blanche » ; elle décrivait son fils aîné, le grenadier de la garde impériale, avec son grand bonnet à poils et ses hautes guêtres noires ; et j'entrevoyais, en l'écoutant, des drames confus et de vagues splendeurs. Hélas ! ce qu'elle se rappelait le mieux, c'étaient les réjouissances publiques dont le petit peuple a sa part : la fête de l'Empereur et les distributions de vin, le jour de la naissance du roi, où l'on jetait des cervelas à la foule. Chose navrante -- j'y songe aujourd'hui — que ce cours d'histoire contemporaine fait par une pauvresse !

Un jour, elle voulut montrer son logis à l'une de ses vieilles amies et la conduisit, avec nous, bien entendu, dans une misérable maison de la rue Rousselet. Nous entrâmes dans une chambre au carreau froid, mal éclairée par un châssis à tabatière, où il n'y avait qu'un lit de paysan et quelques chaises de paille.

Pourtant, sur une vieille commode, une
petite chapelle en plâtre, dont les fenêtres étaient garnies de verres de couleur, charma mon attention enfantine.
Maman Nunu expliqua l'origine de ce
singulier objet à sa camarade. Sous l'ancien régime, le jour de la Fête-Dieu,
les enfants du peuple, comme ils font
encore aujourd'hui, disposaient de petites
chapelles aux portes des maisons ; mais
ils n'avaient pas besoin d'importuner les
passants pour leur arracher quelques
sous : car, en ce temps-là, les personnes
de qualité faisaient arrêter leurs voi-
tures devant la petite chapelle, mettaient
pied à terre, s'agenouillaient un instant
et laissaient une large aumône. C'était
ainsi que la mère Bernu, alors toute
jeune fillette, avait vu descendre de son
carrosse et prier devant cette chapelle de
plâtre un vieux seigneur « très paré »
qui, son oraison dite, lui avait souri et
donné un louis d'or, le seul peut-être
qu'elle eût touché de sa vie ; et ce sei-

gneur n'était autre que le maréchal de Richelieu en personne, alors extrêmement âgé et tombé dans la dévotion. La mère Bernu, qui se vantait d'avoir été jolie, avait eu le dernier sourire de Fronsac !

Ainsi je passais mes après-midi à écouter les belles histoires de maman Nunu ; puis à la tombée du jour nous revenions vers la rue Vanneau, où demeurait ma famille, et nous remontions nos cinq étages. Les grandes sœurs étaient de retour, et, riant de leur beau rire de jeunes filles, aidaient la mère à mettre le couvert. Puis le père revenait de son bureau, fatigué, courbé, pauvre homme d'esprit et de rêverie qui s'usait sur des paperasses ! Mais quand il avait embrassé tout son monde, son visage, son naïf et fin visage sans barbe, sous une brosse de cheveux gris d'argent, s'éclairait d'un heureux sourire. Il ôtait sa redingote, — cette redingote qui durait si longtemps ! — disait : « Ouf ! » en enfilant sa robe de chambre ; et, comme la soupière fumait déjà sur la table et que la mère Bernu la regardait du coin de l'œil, tout en faisant mine de s'en aller, il lui disait gaiement, avec sa générosité de pauvre et sa bonne grâce de gentilhomme :

« Asseyez-vous là, maman Nunu... vous dînerez avec nous. »

Les Vices du Capitaine

Peu importe le nom de la petite ville de province où le capitaine Mercadier — trente-six ans de services, vingt-deux campagnes, trois blessures — se retira quand il fut mis à la retraite.

Elle était pareille à toutes les petites villes qui sollicitent, sans l'obtenir, un embranchement de chemin de fer ; comme si ce n'était pas l'unique distraction des indigènes d'aller tous les

jours, à la même heure, sur la place de
la Fontaine, voir arriver au grand galop
la diligence, avec son bruit joyeux de
claquements de fouet et de grelots. Elle
comptait trois mille habitants, que la
statistique appelait ambitieusement des
âmes, et tirait vanité de son titre de
chef-lieu de canton. Elle possédait des
remparts plantés d'arbres, une jolie
rivière pour pêcher à la ligne, et une
église de la charmante époque du go-
thique flamboyant, déshonorée par un
affreux Chemin de Croix venu tout droit
du quartier Saint-Sulpice. Tous les lun-
dis, elle s'émaillait des grands para-
pluies bleus et rouges de son marché,
et les gens de la campagne y venaient
en charrettes et en berlingots; mais, le
reste de la semaine, elle se replongeait
avec délices dans le silence et dans la
solitude qui la rendaient chère à sa po-
pulation de petits bourgeois. Ses rues
étaient pavées en têtes de chat; on y
apercevait, par les fenêtres des rez-de-

chaussée, des tableaux en cheveux et des bouquets de mariées sous un verre, et, par les demi-portes des jardins, des statuettes de Napoléon en coquillages. La principale auberge s'appelait naturellement *l'Écu de France*, et le receveur de l'enregistrement rimait des acrostiches pour les dames de la société.

Le capitaine Mercadier avait choisi cette résidence de retraite par la raison frivole qu'il y avait autrefois vu le jour, et que, dans sa tapageuse enfance, il y avait décroché les enseignes et maçonné les boutons de sonnettes. Pourtant il ne venait retrouver là ni parents, ni amis, ni connaissances, et les souvenirs de son jeune âge ne lui retraçaient que des visages indignés de marchands qui lui montraient le poing du seuil de leur boutique, un catéchisme où on le menaçait de l'enfer, une école où on lui prédisait l'échafaud, et, enfin, son départ pour le régiment, hâté par une malédiction paternelle.

Car ce n'était pas un saint homme
que le capitaine. Son ancienne feuille
de punitions était noire de jours de salle
de police infligés pour actes d'indisci-
pline, absences aux appels et tapages
nocturnes dans les chambrées. Bien des
fois on avait dû lui arracher ses galons
de caporal et de sergent, et il lui avait
fallu tout le hasard et toute la licence
de la vie de campagne pour gagner enfin
sa première épaulette. Dur et brave
soldat, il avait passé presque toute sa
vie en Algérie, s'étant engagé dans le
temps où nos fantassins portaient le
haut képi droit, les buffleteries blanches
et la grosse giberne. Il avait eu Lamo-
ricière pour commandant ; le duc de
Nemours, près duquel il reçut sa première blessure, l'avait décoré, et, quand
il était sergent-major, le père Bugeaud
l'appelait par son nom et lui tirait les
oreilles. Il avait été prisonnier d'Abd-
el-Kader, portait les traces d'un coup
de yatagan sur la nuque, d'une balle

dans l'épaule et d'une autre dans la cuisse ; et, malgré l'absinthe, les duels, les dettes de jeu et les juives aux yeux noirs en amande, il avait péniblement conquis, à la pointe de la baïonnette et du sabre, son grade de capitaine au Ier régiment de tirailleurs.

Le capitaine Mercadier — trente-six ans de services, vingt-deux campagnes, trois blessures — venait donc d'obtenir sa pension de retraite, pas tout à fait deux mille francs, qui, joints aux deux cent cinquante francs de sa croix, le mettaient dans cet état de misère honorable que l'État réserve à ses anciens serviteurs.

Son entrée dans sa ville natale fut exempte de faste. Il arriva, un matin, sur l'impériale de la diligence, mâchonnant un cigare éteint et déjà lié avec le conducteur, à qui, pendant le trajet, il avait raconté le passage des Portes de Fer ; plein d'indulgence du reste pour les distractions de son auditeur, qui

l'interrompait souvent par un blasphème
ou par l'épithète de carcan adressée à la
jument de droite. Quand la voiture
s'arrêta, il lança sur le trottoir sa vieille
valise, maculée d'étiquettes de chemins
de fer, aussi nombreuses que les chan-
gements de garnison de son propriétaire ;
et les oisifs d'alentour furent absolument
stupéfaits de voir un homme décoré —
chose encore rare en province — offrir
le vin blanc au cocher sur le comptoir
du prochain cabaret.

Il s'installa sommairement. Dans une
maison de faubourg, où mugissaient
deux vaches captives et où les poules
et les canards passaient et repassaient
sous la porte charretière, une chambre
meublée était à louer. Précédé d'une
maritorne, le capitaine gravit un escalier
à grosse rampe de bois, parfumé d'une
forte odeur d'étable, et pénétra dans
une vaste pièce carrelée que tapissait un
papier bizarre, représentant, imprimée
en bleu sur fond blanc et répétée à

l'infini, l'image de Joseph Poniatowski, à cheval, sautant dans l'Elster. Cette décoration monotone, mais qui rappelait nos gloires militaires, séduisit sans doute le capitaine, car, sans s'inquiéter du peu de confortable des chaises de paille, des meubles de noyer et du petit lit aux rideaux jaunis, il conclut sans hésitation. Un quart d'heure lui suffit pour vider sa malle, pendre ses habits, reléguer dans un coin ses bottes, et orner la muraille d'un trophée composé de trois pipes, d'un sabre et d'une paire de pistolets. Après une visite à l'épicier d'en face, chez lequel il acheta une livre de bougies et une bouteille de rhum, il revint, déposa son emplette sur la cheminée, et promena autour de lui le regard d'un homme très satisfait. Puis, avec la promptitude des camps, il se rasa sans miroir, brossa sa redingote, inclina son chapeau sur l'oreille, et s'alla promener par la ville, en quête d'un café.

Le séjour de l'estaminet était une habitude invétérée chez le capitaine. Il y satisfaisait à la fois les trois vices égaux dans son cœur : le tabac, l'absinthe et les cartes. Sa vie toute entière s'y était écoulée, et il aurait pu dresser, de toutes les villes où il avait garnisonné, un plan par cantines, marchands de tabac à comptoir, cafés et cercles militaires. Il ne se sentait vraiment à son aise qu'une fois assis sur le velours ras d'une banquette, devant un carré de drap vert près duquel s'amoncellent les chopes et les soucoupes. Son cigare ne lui semblait bon que s'il avait frotté l'allumette sous le marbre de la table, et jamais il n'avait manqué, après avoir attaché son sabre et son képi à la patère et s'être installé en lâchant quelques boutons de sa tunique, de pousser un profond soupir de soulagement et de s'écrier :

« Ça va mieux ! »

Son premier soin fut donc de rechercher l'établissement qu'il fréquenterait, et, après avoir fait un tour de ville sans rien trouver à sa convenance, il arrêta enfin son regard de connaisseur sur le café Prosper, situé à l'angle de la place du Marché et de la rue de la Paroisse.

Ce n'était pas son idéal. L'extérieur offrait bien quelques détails par trop provinciaux : ce garçon en tablier noir, par exemple, et ces petits ifs dans leurs caisses vertes, et ces tabourets, et ces tables de bois recouvertes de toile cirée. Mais l'intérieur plut au capitaine. Il fut réjoui, dès son entrée, par le bruit du timbre que toucha la grasse et fraîche dame du comptoir, en robe claire, avec un ruban ponceau dans ses cheveux bien pommadés. Il salua galamment cette personne et jugea qu'elle occupait, avec une suffisante majesté, sa place triomphale entre les deux édifices de bols à punch, congrûment couronnés par des billes de billard. Il constata que

la salle était gaie, propre, également
semée de sable jaune; il en fit le tour,
se regarda passer dans les glaces, appré-
cia les panneaux, où des mousquetaires
et des amazones sablaient le champagne
dans des paysages pleins de roses tré-
mières, se fit servir, fuma, trouva le
divan moelleux et l'absinthe savoureuse,
et fut assez indulgent pour ne pas se
plaindre des mouches qui se baignaient
dans les consommations avec une fami-
liarité toute campagnarde.

Huit jours après, il était devenu un
pilier du café Prosper.

On y connut bien vite ses habitudes
ponctuelles; on prévint ses désirs, et il
ne tarda point à prendre ses repas avec
les patrons du lieu. Recrue précieuse
pour les habitués, gens terrassés par le
terrible ennui de la province et pour qui
l'arrivée de ce nouveau venu, passé
maître à tous les jeux et racontant assez
gaiement ses guerres et ses amours,
était une véritable bonne fortune; le

capitaine fut lui-même enchanté de ren-
contrer des humains encore ignorants
de son répertoire. Il en avait donc pour
six mois à dire ses razzias, ses chasses,
ses batailles, la retraite de Constantine,
la capture de Bou-Maza, et les réceptions
d'officiers avec leur total effrayant de
punchs au kirsch.

Faiblesse humaine ! Il n'était pas fâché
d'être un peu oracle quelque part, lui
dont les petits sous-lieutenants, arrivant
de Saint-Cyr, fuyaient naguère les trop
longues histoires.

Ses auditeurs ordinaires étaient le
maître du café, gros sac à bière silencieux et stupide, toujours en manches
de veste et remarquable seulement par
ses pipes à sujets ; l'huissier-priseur,
personnage goguenard et vêtu de noir,
méprisé pour son habitude peu élégante
d'emporter le reste de son sucre ; le receveur de l'enregistrement, — celui des
acrostiches, — être très doux et d'une
constitution faible, qui envoyait aux

journaux illustrés la solution des mots
carrés et des rébus; et enfin le vétérinaire du canton, le seul qui, en sa qualité d'athée et de démocrate, se permît
quelquefois de contredire le capitaine.
Ce praticien, homme à favoris touffus
et à pince-nez, présidait le comité radical aux époques d'élections, et, lorsque
le curé faisait une petite collecte parmi
ses dévotes pour orner son église de
quelque horrible statue en plâtre doré
et enluminé, dénonçait par une lettre
au *Siècle* la cupidité des fils de Loyola.

Le capitaine étant un soir sorti pour
aller chercher des cigares, après une
discussion politique assez vive, le susdit
vétérinaire grommela quelques phrases
sourdes et irritées où il était question
de « dire son fait », de « traîneur de
sabre », et de « couper la figure ».
Mais, l'objet de ces menaces vagues
étant rentré soudain, en sifflant une
marche et en faisant le moulinet avec
sa canne, l'incident n'eut pas de suites.

En somme, le groupe vivait en bonne intelligence et se laissait volontiers présider par le nouvel habitué, dont la tête martiale et la barbiche blanche étaient vraiment assez imposantes ; et la petite ville, qui était déjà fière de bien des choses, pouvait l'être aussi de son capitaine en retraite.

Le bonheur parfait n'existe pas, et le capitaine Mercadier, qui croyait l'avoir rencontré au café Prosper, dut bientôt revenir de cette illusion.

Le fait est que le lundi, jour de marché, l'estaminet n'était pas tenable.

Dès l'aube, il était envahi par les maraîchers, les fermiers, les marchands de cochons, les marchands de volailles ; gens à grosse voix, à gros cous rouges, à gros fouet à la main, portant la blouse neuve et la casquette de loutre, concluant leurs affaires autour d'un litre, tapant du pied, frappant du poing, tutoyant le garçon et crevant le billard.

Quand le capitaine arrivait à onze heures pour absorber sa première absinthe, il trouvait tout ce monde déjà gris et commandant des déjeuners considérables. Sa place ordinaire était prise ; on le servait lentement et mal. Le timbre du comptoir ne cessait de retentir ; le patron et le garçon, la serviette sous le bras, couraient, affolés. Bref, c'était un jour néfaste et qui bouleversait son existence.

Or, un lundi matin qu'il était resté chez lui, sûr d'avance que le café serait trop bruyant et trop encombré, un doux rayon de soleil d'automne l'engagea à descendre s'asseoir sur le banc de pierre placé à côté de la porte de la maison. Il était là, assez mélancolique et fumant un cigare humide, quand il vit venir du bout de la rue — c'était une ruelle mal pavée et aboutissant à la campagne — une demi-douzaine d'oies que chassait devant elle avec une gaule une petite fille de huit ou dix ans.

Le capitaine, en arrêtant son regard distrait sur cette enfant, s'aperçut qu'elle avait une jambe de bois.

Il n'y avait rien de paternel dans le cœur de ce soudard. C'était celui d'un célibataire endurci. Lorsque jadis, dans les rues d'Alger, les petits mendiants arabes le poursuivaient de leurs prières importunes, le capitaine les avait souvent chassés d'un coup de cravache ; et les rares fois qu'il avait pénétré dans le ménage nomade d'un camarade marié et père de famille, il était parti en maugréant contre les bambins criards et malpropres qui avaient touché avec leurs mains grasses aux dorures de son uniforme.

Mais la vue de cette infirmité particulière, qui lui rappelait le douloureux spectacle des blessures et des amputations, émut cependant le vieux soldat. Il éprouva presque un serrement de cœur devant cette chétive créature, à peine vêtue d'un jupon en loques et

9

d'une mauvaise chemise, et qui courait bravement derrière ses oies, son pied nu dans la poussière, en boitant sur son pilon mal équarri.

Les volailles, reconnaissant leur domicile, entrèrent dans la cour de la laiterie, et la petite se disposait à les suivre, quand le capitaine l'arrêta par cette question :

« Eh ! fillette, comment t'appelles-tu ?

— Pierrette, monsieur, pour vous servir, répondit-elle en fixant sur lui ses grands yeux noirs, et en écartant de son front sa chevelure en désordre.

— Tu es donc de la maison ? Je ne t'avais pas encore vue.

— Oui-da, et je vous connais bien, allez ! Car je couche sous l'escalier, et vous me réveillez, en rentrant, tous les soirs.

— Vraiment, petiote ? Eh bien, on marchera sur ses pointes, à l'avenir. Et quel âge as-tu ?

— Neuf ans, monsieur, vienne la Toussaint.

— La patronne d'ici est-elle ta parente ?

— Non, monsieur, je suis en service.

— On te donne ?...

— La soupe et le lit sous l'escalier.

— Et qu'est-ce qui t'a arrangée comme cela, ma pauvre petite ?

— Un coup de pied de vache, quand j'avais cinq ans.

— As-tu ton père et ta mère ? »

L'enfant rougit sous son hâle.

« Je sors des Enfants-Trouvés, » dit-elle d'une voix brève.

Puis, ayant gauchement salué, elle rentra dans la maison en claudicant, et le capitaine entendit s'éloigner, sur le pavé de la cour, le bruit sec de la petite jambe de bois.

« Nom de nom ! songea-t-il en reprenant machinalement le chemin du café, voilà qui n'est pas réglementaire. Un soldat, du moins, on le flanque aux In-

valides, avec l'argent de sa médaille
pour s'acheter du tabac. Un officier, on
lui colle une perception et il se marie
dans sa province. Mais, à cette gamine,
une pareille infirmité! Voilà qui n'est
pas réglementaire. »

Ayant constaté en ces termes l'injus-
tice de la destinée, le capitaine vint
jusqu'au seuil de son cher café; mais il
y aperçut une telle cohue de blouses
bleues, il y entendit un tel brouhaha de
gros rires et de carambolages, qu'il rentra chez lui, plein d'humeur.

Sa chambre — c'était peut-être la première fois qu'il y passait plusieurs
heures de la journée — lui parut sor-
dide. Les rideaux du lit avaient le ton
d'une pipe culottée, le foyer était jon-
ché de crachats et de bouts de cigares,
et on aurait pu écrire son nom dans la
poussière qui revêtait tous les meubles.

Il contempla quelque temps les murailles où le sublime lancier de Leipsick
trouvait cent fois un glorieux trépas;

puis, pour se désennuyer, il passa en revue sa garde-robe. Ce fut une lamentable série de poches percées, de chaussettes à jours, de chemises sans bouton.

« Il me faudrait une servante, » se dit-il.

Puis il songea à la petite boiteuse.

« Voilà. Je louerais le cabinet voisin. L'hiver vient, et la petite doit geler sous l'escalier. Elle surveillerait mes vêtements, mon linge, nettoierait le casernement. Un brosseur, quoi? »

Mais un nuage assombrit ce tableau confortable. Le capitaine se souvenait que l'échéance de son trimestre était encore lointaine, et que sa note prenait des proportions inquiétantes au café Prosper.

« Pas assez riche, rêvait-il en monologuant. Et cependant on me vole là-bas, c'est positif. La pension est beaucoup trop coûteuse, et ce barbu de vétérinaire joue comme feu Bézigue. Voilà huit jours que je paie sa consommation. Qui

sait? je ferais peut-être mieux de char-
ger la petite de l'ordinaire. La soupe au
café le matin, le pot-au-feu à midi et
un rata tous les soirs. Les vivres de
campagne, enfin. Ça me connaît. »

Décidément, il était tenté. En sortant,
il vit justement la maîtresse de maison,
grosse paysanne brutale, et la petite in-
valide, qui, toutes deux, la fourche à la
main, remuaient le fumier dans la cour.

« Sait-elle coudre, savonner, faire la
soupe? demanda-t-il brusquement.

— Qui? Pierrette? Pourquoi donc?

— Sait-elle un peu de tout cela?

— Dame! elle sort de l'hospice, où
l'on apprend à se servir soi-même.

— Dis-moi, fillette, ajouta le capitaine en s'adressant à l'enfant, je ne te
fais pas peur. Non, n'est-ce pas? Et
vous, la mère, voulez-vous me la céder?
J'ai besoin d'une domestique.

— Si vous vous chargez de son entretien.

— Alors, c'est dit. Voilà vingt francs.

Qu'elle ait, ce soir, une robe et un sou-lier. Demain nous arrangerons le reste. »

Et, après avoir donné une petite tape amicale sur la joue de Pierrette, le ca-pitaine s'éloigna, enchanté de ce qu'il venait de conclure.

« Il faudra peut-être rogner quelques bocks et quelques absinthes, pensait-il, et se méfier du bézigue du vétérinaire. Mais il n'y a pas à dire, ce sera bien plus réglementaire. »

« Capitaine, vous êtes un lâcheur. »
Telle fut l'apostrophe dont les caria-tides du café Prosper saluèrent désormais les entrées du capitaine de jour en jour plus rares.

Car le pauvre homme n'avait pas prévu toutes les conséquences de sa bonne action. La suppression de l'ab-sinthe matinale avait suffi à couvrir les modestes frais de l'entretien de Pierrette ; mais combien n'avait-il pas fallu d'autres réformes pour parer aux dépenses imprévues de son ménage de garçon ! Pleine de reconnaissance, la petite fille voulait la prouver par son zèle. Déjà la chambre avait changé d'aspect. Les meubles étaient rangés et astiqués, le foyer décent, le carreau verni, et les araignées ne filaient plus leurs toiles sur les Morts de Poniatowski placées dans les coins. Quand le capitaine revenait, la soupe aux choux l'invitait par son parfum dès l'escalier, et la vue des plats fumants sur la nappe grossière, mais blanche, auprès d'une assiette à fleurs et d'un couvert reluisant, achevait de le mettre en appétit. Pierrette profitait alors de la bonne humeur de son maître pour avouer quelque secrète ambition. Il fallait des chenets pour la cheminée, où elle faisait maintenant du feu, un moule pour les gâteaux qu'elle réussirait si bien. Et le capitaine, que la demande de l'enfant faisait sourire et qui se sentait doucement gagner par les voluptés du *at home,* promettait d'y penser;

et le lendemain remplaçait ses londrès par des cigares d'un sou, hésitait devant l'offre de cinq points d'écarté, ou se refusait son troisième bock ou son second verre de chartreuse.

Certes, la lutte fut longue; elle fut cruelle. Bien des fois, vers l'heure d'un apéritif interdit par l'économie, quand la soif lui séchait la gorge, le capitaine dut faire un effort héroïque pour retirer sa main déjà posée sur le bec de cane de l'estaminet; bien des fois il erra en rêvant de roi retourné et de quinte et quatorze. Mais presque toujours il rentrait courageusement chez lui; et comme il aimait davantage Pierrette à chaque sacrifice qu'il lui faisait, il l'embrassait mieux ces jours-là. Car il l'embrassait. Ce n'était plus sa servante. Une fois qu'elle se tenait debout près de la table, l'appelant : Monsieur, et toute respectueuse, il n'y put tenir, il lui prit les deux mains et il lui dit avec fureur :

« Embrasse-moi d'abord, et puis

assieds-toi, et fais-moi le plaisir de me tutoyer, mille tonnerres ! »

Aujourd'hui c'est fini. La rencontre d'un enfant a sauvé cet homme d'une vieillesse ignominieuse. Il a substitué à ses vieux vices une jeune passion ; il adore ce petit être infirme qui sautille autour de lui dans la chambre commode et bien ameublée.

Déjà il a appris à lire à Pierrette, et voici que, se rappelant sa calligraphie de sergent-major, il lui trace des exemples d'écriture. Sa plus grande joie, c'est lorsque l'enfant, attentive devant son papier et faisant parfois un pâté qu'elle enlève vivement avec sa langue, est parvenue à copier toutes les lettres d'un interminable adverbe en *ment*. Son inquiétude, c'est de songer qu'il devient vieux et qu'il n'a rien à laisser à son adoptée.

Aussi voilà qu'il est presque avare ; il thésaurise ; il veut se sevrer de tabac, bien que Pierrette lui bourre sa pipe et la lui allume. Il compte épargner sur son maigre revenu de quoi acheter plus tard un petit fonds de mercerie. C'est là que, lorsqu'il sera mort, elle vivra obscure et paisible, gardant accrochée quelque part, dans l'arrière-boutique, une vieille croix d'honneur qui la fera se souvenir du capitaine.

Tous les jours, il va se promener avec elle sur le rempart. Quelquefois passent par là des gens étrangers à la ville, qui jettent un regard de compassion surprise sur ce vieux soldat épargné par la guerre et sur cette pauvre enfant estropiée ; et alors il se sent attendri — oh ! déli cieusement, jusqu'aux larmes — quand un de ces passants murmure en s'éloignant :

« Pauvre père ! sa fille est pourtant jolie ! »

La Robe blanche

Les Brésiliens au teint couleur jus de
tabac, garrottés de chaînes d'or et
dont le portefeuille est gonflé de
comptes de reïs, s'imaginent connaître
Paris quand ils ont assisté à une « première » d'opérette, fait le tour du « per-
sil » au Bois de Boulogne et soupé
dans un restaurant de nuit ; et nous
sommes de tels fanfarons de vice, que
nous donnons volontiers le titre de *Pa-*

risien à quiconque comprend vite un calembour et sait le prix d'une fille à la mode. En réalité, la vie tout entière d'un observateur ne suffirait pas pour explorer à fond la monstrueuse capitale, dont chaque quartier, chaque rue même, a sa physionomie personnelle, son caractère original. La différence des types qu'on y rencontre est si tranchée que leur déplacement semble impossible. Quelle surprise pour le flâneur, s'il voyait un coulissier juif des environs de la Bourse traverser les paisibles cours de l'Institut !

Cette infinie variété d'aspect des rues de la grande ville est pour le véritable Parisien, pour le Parisien de Paris, une source inépuisable d'intérêt, et entretient chez lui, pourvu qu'il soit doué de quelque puissance imaginative, la fraîcheur et la vivacité d'impressions du voyageur débarqué de la veille. Moi-même, qui suis né à Paris, qui l'ai toujours habité, et qui pourrais me plaindre, comme Alfred de Musset, d'en connaître tous les pavés, je suis encore étonné bien souvent des découvertes que j'y fais dans mes promenades aventureuses. N'ai-je pas trouvé la silencieuse mélancolie d'un canal de Venise derrière la manufacture des Gobelins, et dans Grenelle, à deux pas du Champ de Mars, une place publique du Caire, brûlée de soleil, un excellent décor pour le meurtre du général Kléber percé de six coups de poignard par le fanatique Souleyman-el-Habbi ?

Quand je vins habiter le coin perdu du faubourg Saint-Germain, où je vis depuis une dizaine d'années, je me pris d'affection pour la très calme et presque champêtre rue Rousselet, qui s'ouvre juste devant la porte de ma maison. Au XVIIe siècle, elle s'appelait l'*Impasse des Vaches* et elle n'était sans doute alors qu'un chemin à fondrières ; mais quelques seigneurs avaient déjà construit, de ce côté, leur « maison des champs », et c'est là qu'est morte Mme de la Sablière, l'excellente amie de La Fontaine, dans son logis, « près des Incurables ». Un hôtel du siècle dernier, situé au coin de la rue Oudinot, est devenu l'hôpital des Frères Saint-Jean-de-Dieu, et les arbres de leur beau jardin dépassent le vieux mur effrité qui occupe presque tout le côté droit de la rue Rousselet. De l'autre côté s'étend une rangée d'assez pauvres maisons, où logent des artisans et des petits employés, et qui toutes jouissent de la vue du jardin des Frères. La rue Rousselet est très mal pavée, le luxe du trottoir n'y apparaît que par tronçons; l'une des dernières, elle a vu disparaître l'antique réverbère à potence et à poulie. Peu de boutiques, et des plus humbles : l'échoppe du cordonnier en vieux, le trou noir de l'Auvergnat marchand de charbon, le cabaret d'angle avec l'enseigne classique : *Au bon coing*, et de tristes épiceries où vieillissent dans un bocal des sucres

d'orge fondus par vingt étés et gelés
par vingt hivers, à côté d'images d'Épi-
nal, — une page de hussards dans leur
uniforme de 1840, ou le portrait au-
thentique et violemment peinturluré du
Juif Errant, encadré des couplets de la
célèbre complainte. — Des linges sèchent
aux fenêtres, des poules picorent dans
le ruisseau. On se croirait là dans un
faubourg de province très reculée, un de
ces faubourgs qui s'en vont vers la campagne et où la ville redevient village.

Comme il passe à peine une voiture
par quart d'heure dans la rue Rousselet, on y laisse jouer les enfants, qui
sont nombreux dans les quartiers populaires ; car les pauvres gens sont proli-
fiques et ignorent les doctrines de Mal-
thus. Ils n'ont point le souci de doter
le « gosse » ou la fillette, qui entreront
en apprentissage à douze ans et gagne-
ront leur vie à seize, et dans aucun ménage d'ouvriers on n'a jamais entendu
dire, comme dans *Gabrielle* :

. . . . . Si tout va de la belle façon,
Nous pourrons nous donner le luxe d'un garçon.

Aussi, dans le renfoncement du vieux
mur, sous la charrette abandonnée, il y
a de fameuses parties de billes, allez !
C'est effrayant ce qu'on y use de fonds
de culottes ! et, à quatre heures, à la
sortie de l'école des Frères de la rue
Vanneau, la rue grouille de moutards.
J'ai fini par les connaître, à force de
passer là, par m'intéresser à eux, par
leur sourire. Pour eux non plus je ne
suis pas un inconnu, et souvent il me
faut interrompre ma rêverie et répondre
à un « Bonjour, m'sieu », que me lance
une gamine en bonnet rond ou un jeune
drôle en pantalon trop large. A la Fête-
Dieu, quand ils établissent des petites
chapelles devant les portes, avec une
serviette blanche, une bonne Vierge en
plâtre, trois roses dans un verre et deux
petits chandeliers en plomb, ils me
poursuivent en secouant une soucoupe,

où ma pièce de deux sous sonne joyeusement. Enfin ils me traitent en voisin, en ami, moi, le passant absorbé et inoffensif. Par les jours de septembre où il fait du vent, les galopins écartent devant moi la ficelle de leur cerf-volant, et, les soirs d'été, la petite fille qui saute en demandant « du vinaigre » s'arrête pour me laisser enjamber la corde.

C'est ainsi que j'ai remarqué la petite boiteuse. — Il y a bien longtemps de cela, je venais de m'installer dans le quartier et elle pouvait avoir alors huit ou dix ans. — Ce n'était pas elle, hélas ! qui aurait pu demander « du vinaigre ». En grand deuil, — son père, un compagnon charpentier, venait de mourir, — elle s'asseyait sur une borne, sa petite béquille dans sa jupe, et elle regardait jouer les autres. Elle m'attendrissait, avec son air triste et sage, ses grands yeux bleus dans sa figure pâlotte, et ses bandeaux châtains sous son béguin noir. A la longue, elle avait vaguement deviné ma pitié dans mon regard ; elle y répondait par un sourire mélancolique. Je lui disais au passage : « Bonjour, mignonne ! »

Du temps s'écoula, — deux ou trois ans passent si vite ! — et, un jeudi matin du mois de mai, où le jardin des Frères Saint-Jean-de-Dieu embaumait la verdure nouvelle et où des fils de la Vierge flottaient dans l'air, je m'aperçus, en sortant de chez moi, vers onze heures, que la rue Rousselet avait un aspect de fête inaccoutumé. Parbleu ! c'était le jour de la première communion des enfants. L'ouvrier, qui mangeait tous les soirs du jésuite en lisant son journal, avait eu beau déclamer,... « On n'est pas des païens », avait déclaré la maman, et les enfants étaient tout de même allés au catéchisme. Et puis, la première communion des gamins, c'est une occasion de « caler l'atelier », de faire une petite noce ; et le savetier radical, qui fumait sa pipe sur

le seuil de sa boutique, pouvait bien
hausser les épaules et murmurer entre
ses dents : « Ah ! malheur ! » la rue
n'en avait pas moins son air des dimanches. Eh ! là-bas, la petite blanchisseuse, qui courez en portant sur vos
deux mains une chemise d'homme em-
pesée comme une cuirasse, dépêchez-
vous ! La pratique a fini de se raser
devant le miroir attaché à l'espagnolette
de la croisée, et l'on s'impatiente. Il y
a de la presse aussi chez le pâtissier de
la rue de Sèvres : dès hier soir, on commandait des godiveaux, et la fruitière
du nº 9 est en train de faire une scène,
parce qu'on a oublié son nougat. Chez
le perruquier, par exemple, — la boutique peinte en bleu, où le plat à barbe
en cuivre frissonne au vent printanier,
— ça empeste encore le cheveu brûlé,
mais l'ouvrage est fini depuis longtemps ;
toute la marmaille était frisée dès sept
heures du matin. Maintenant, c'est une
affaire bâclée, on revient de l'église, et

le monde se met aux fenêtres pour voir
passer les communiants.

Superbes, les garçons, avec la veste
neuve et le brassard de satin à franges
d'or, excepté Victor pourtant, le fils de
l'ébéniste, qui vient d'attraper une paire
de calottes. (Aussi quelle idée de laisser
tomber sa tartine de raisiné sur son pantalon! Cet animal-là n'en fait jamais
d'autres; ça lui apprendra.) Mais ce sont
les petites en blanc qui sont jolies! Les
blondes surtout! Le voile de mousseline
leur sied à ravir. Elles le savent bien,
les coquines, et elles baissent les yeux
pour se donner une mine plus virginale,
et aussi pour regarder leurs gants de
filoselle, les premiers qu'elles aient mis
de leur vie. Pour les brunes, elles ont
un peu l'air de mouches tombées dans
du lait; mais n'importe, leurs mamans
ne sont pas les moins fières. Oh! les
pauvres mamans! elles se sont faites
belles pour la circonstance, et elles ont
arboré des toilettes qui révèlent des

poèmes de misère et d'économie. Voilà
une pèlerine de velours qui doit dater
de l'Exposition de 1867, et voilà un
cachemire français qui connaît certaine-
ment le chemin du Mont-de-Piété.
Bah ! les fillettes qui les accompagnent
sont quand même habillées tout battant
neuf; et, lorsque la pèlerine dit au cachemire : « Elle est joliment *forcie,*
votre demoiselle », le cachemire répond
d'un air satisfait : « Que voulez-vous?
A va sur ses treize ans. » Et la pèlerine
conclut : « Comme ça nous pousse! »
Enfin, c'est un beau jour pour tout le
monde, et les pères — ces hommes!
ça ne croit à rien! — peuvent « bla-
guer » la cérémonie chez le marchand
de vins, il n'est pas moins vrai que tout
à l'heure, à la paroisse, quand l'orgue
jouait en sourdine et quand les enfants
ont marché vers l'autel, en file indienne,
les garçons d'un côté, les filles de
l'autre, le cierge allumé à la main,
toutes les mamans ont pleuré.

J'avais bien vite reconnu ma petite boiteuse dans le nuage blanc des communiantes. Était-ce à cause de sa béquille noire sur laquelle elle s'appuyait pour sautiller, ou à cause de la robe de veuve de sa pauvre vieille mère qui la tenait par la main? Mais elle me sembla plus immaculée, plus pure, plus blanche que les autres. Elle me parut aussi plus émue, plus recueillie que ses compagnes ; son visage enfantin avait une expression naïve et mystique qui eût tenté le pinceau d'Holbein.

Ce jour-là, j'accentuai pour elle mon bonjour amical, et j'étais tout heureux, en m'éloignant, de penser qu'elle aussi avait eu sa robe blanche. Une robe blanche ! l'idéal de la parure pour les filles du peuple !

Depuis lors, plusieurs printemps ont fleuri et, par de belles matinées du mois de mai, plusieurs fois le vent parfumé a fait flotter les voiles blancs des communiantes dans la rue Rousselet. Des années ont passé, des années avec leurs printemps, mais avec leurs hivers aussi; des choses ont changé, des gens ont vieilli dans ce paisible quartier. D'autres enfants jouent encore aux billes sous la vieille charrette, mais le perruquier a fermé boutique; le savetier radical fume toujours sa pipe sur le seuil de son échoppe, mais sa barbe a grisonné; enfin on a lu, un jour, un billet bordé de noir, collé avec quatre pains à cacheter sur les volets fermés de la fruitière du n° 9, et maintenant c'est une blanchisseuse qui s'est établie là, pour faire concurrence à l'ancienne, qui demeure en face. Mais cela ne réussira pas, car la mère Vernier, la femme de ménage, — une langue d'enfer dont je vous conseille de vous méfier, — prétend que la nouvelle patronne est une sans-soin qui lui a perdu une camisole, et que ses ouvrières sont des rien-du-tout, qui batifolent avec le sergent de ville, — vous savez, le grand blond médaillé, celui qui a une si belle moustache tombante de buveur d'eau-de-vie. — Malgré tout, la rue Rousselet a conservé à peu près sa physionomie d'autrefois, et le mur des Frères Saint-Jean est plus dégradé que jamais par les saxifrages.

Mais la petite boiteuse ?

Hélas ! elle a très peu grandi, bien qu'elle soit une jeune fille à présent, et qu'en comptant sur mes doigts je découvre qu'elle aura bientôt vingt ans. Quand je la rencontre, sautillant plus lourdement sur sa béquille, — une béquille neuve, un peu plus haute que l'ancienne, — je n'ose plus dire : « Bonjour, mignonne ! » et je me contente de lui tirer mon chapeau. D'ailleurs, elle sort rarement. Sa mère est maintenant concierge dans la maison du brocheur, et la fenêtre de la loge, qui donne sur la rue, est placée trop haut pour que je puisse y jeter un regard en passant ; mais la présence de ma petite amie se

trahit par le bruit incessant de sa machine à coudre. Elle travaille pour la
confection, et il paraît qu'elle gagne
d'assez bonnes journées. On m'a assuré
qu'elle est bien plus infirme que je ne
croyais et qu'elle a une jambe toute
séchée. Elle ne se mariera pas. Quel
dommage !

Cependant, presque toutes ses camarades de première communion ont déjà
mis leur seconde robe blanche, celle du
mariage. L'autre samedi encore, l'épicière a marié sa fille à son premier
garçon. (Je me doutais bien que ça fini-
rait par là ; les dimanches soirs, quand
la mère prenait le frais sur le pas de sa
porte et quand les jeunes gens jouaient
à la raquette, ils envoyaient toujours le
volant dans l'allée du n° 23, qui est
noire comme un four, et ils disparais-
saient ensemble, censément pour le
ramasser. Comme c'est malin !) Oh !
l'épicière a bien fait les choses ; on est
allé autour du lac en grande remise et

l'on a dîné à la Porte-Maillot. Eh bien !
au moment où la mariée est montée en
voiture, avec sa traîne de soie blanche
et sa fleur d'oranger dans les cheveux,
— elle a l'air insolent, cette grande
rousse ! — j'ai aperçu ma pauvre petite
boiteuse, qui se tenait à quelques pas
de là, appuyée sur sa béquille, et qui
regardait d'un œil d'envie.

Hélas ! il n'y aura bientôt plus qu'elle,
de toutes les filles de son âge, dans la
rue Rousselet, qui n'aura mis de robe
blanche qu'une fois dans sa vie !

Le Remplaçant

Il avait dix ans à peine quand on l'arrêta, une première fois, pour vagabondage.

Il dit aux juges ceci :

« Je m'appelle Jean-François Leturc, et voilà six mois que je suis auprès de l'homme qui chante, entre deux lanternes, sur la place de la Bastille, en frottant une corde à boyau. Je dis le refrain en même temps que lui, et en-

suite c'est moi qui crie : « Demandez le
« recueil de chansons nouvelles, dix cen-
« times, deux sous. » Il était toujours en
ribote et me battait ; voilà pourquoi
les agents m'ont trouvé, l'autre nuit,
dans les démolitions. Avant, j'étais avec
celui qui vend du poil à gratter. Ma
mère était blanchisseuse, elle se nommait Adèle. Autrefois un monsieur
l'avait établie dans un rez-de-chaussée,
à Montmartre. C'était une bonne ou-
vrière et qui m'aimait bien. Elle gagnait
de l'argent parce qu'elle avait la clien-
tèle des garçons de café et que ces
gens-là ont besoin de beaucoup de
linge. Le dimanche, elle me couchait
de bonne heure, pour aller au bal ;
mais, en semaine, elle m'envoyait chez
les Frères où j'ai appris à lire. Enfin,
voilà. Le sergent de ville qui battait
son quart dans notre rue s'arrêtait toujours devant la fenêtre pour lui parler.
Un bel homme, avec la médaille de
Crimée. Ils se sont mariés, et tout a

marché de travers. Il m'avait pris en grippe et excitait maman contre moi. Tout le monde me flanquait des calottes, et c'est alors que, pour fuir la maison, j'ai passé des journées entières sur la place Clichy, où j'ai connu les saltimbanques. Mon beau-père perdit sa place, maman ses pratiques; elle alla au lavoir pour nourrir son homme. C'est là qu'elle est devenue poitrinaire, rapport à la buée. Elle est morte à Lariboisière. C'était une bonne femme. Depuis ce temps-là, j'ai vécu avec le marchand de poil à gratter et le racleur de corde à boyau. — Est-ce qu'on va me mettre en prison ? »

Il parla ainsi carrément, cyniquement, comme un homme. C'était un petit galopin déguenillé, haut comme une botte, le front caché sous une étrange tignasse jaune.

Personne ne le réclamant, on le mit aux Jeunes Détenus.

Peu intelligent, paresseux, surtout

maladroit de ses mains, il ne put apprendre là qu'un mauvais métier, rempailleur de chaises. Pourtant il était obéissant, d'un naturel passif et taciturne, et ne semblait pas trop profondément corrompu dans cette école de vice. Mais lorsque, arrivé à sa dix-septième année, il fut relancé sur le pavé parisien, il y retrouva, pour son malheur, ses camarades de prison, tous affreux drôles exerçant les professions de la boue. C'étaient des éleveurs de dogues pour la chasse aux rats dans les égouts; des cireurs de souliers, les nuits de bal, dans le passage de l'Opéra; des lutteurs amateurs se laissant volontairement *tomber* par les hercules de foire; des pêcheurs à la ligne, en plein soleil, sur les trains de bois. Il fit un peu de tout cela, et, quelques mois après sa sortie de la maison de correction, il fut de nouveau arrêté pour un petit vol : une paire de vieux souliers enlevée à un étalage. Résultat : un an de prison à Sainte-Pélagie, où il servit de brosseur aux détenus politiques.

Il vécut, étonné, dans ce groupe de prisonniers, tous très jeunes et négligemment vêtus, qui parlaient à voix haute et portaient la tête d'une façon si solennelle. Ils se réunissaient dans la cellule du plus âgé d'entre eux, garçon d'une trentaine d'années, incarcéré depuis longtemps déjà et comme installé à Sainte-Pélagie ; une grande cellule, tapissée de caricatures coloriées, et par la fenêtre de laquelle on voyait tout Paris, ses toits, ses clochers et ses dômes, et là-bas, la ligne lointaine des coteaux, bleue et vague sur le ciel. Il y avait aux murailles quelques planches chargées de volumes et tout un vieil attirail de salle d'armes : masques crevés, fleurets rouillés, plastrons et gants perdant leur étoupe. C'est là que les *politiques* dînaient ensemble, ajoutant à l'immuable « soupe et le bœuf », des fruits, du fromage, et des litres de vin que

Jean-François allait acheter à la can-
tine : repas tumultueux, interrompus de
violentes disputes, où l'on chantait en
chœur au dessert la *Carmagnole* et le
Ça ira! On prenait cependant un air de
dignité, les jours où l'on faisait place à
un nouveau venu, traité d'abord grave-
ment de citoyen, mais dès le lendemain tutoyé et appelé par son petit
nom. Il se disait là des grands mots :
Corporation, Solidarité, et des phrases
tout à fait inintelligibles pour Jean-
François, telles que celle-ci, par exemple,
qu'il entendit une fois proférer impé-
rieusement par un affreux petit bossu
qui noircissait du papier toutes les
nuits :

« C'est dit. Le cabinet est ainsi composé : Raymond à l'instruction publique, Martial à l'intérieur, et moi aux
affaires étrangères. »

Son temps fait, il erra de nouveau à
travers Paris, surveillé de loin par la
police, à la façon de ces hannetons que

les enfants cruels font voler au bout
d'un fil. Il devenait un de ces êtres
fuyants et craintifs que la loi, avec une
sorte de coquetterie, arrête et relâche
tour à tour, un peu comme ces pêcheurs
platoniques qui, pour ne pas dépeupler
leur vivier, rejettent bien vite à l'eau
le poisson sortant à peine du filet. Sans
se douter qu'on fît tant d'honneur à
son chétif individu, il avait un dossier
spécial dans les mystérieux cartons de
la rue de Jérusalem, ses nom et pré-
noms étaient écrits en belle bâtarde sur
le papier gris de la couverture, et les
notes et rapports, soigneusement clas-
sés, lui donnaient ces appellations gra-
duées : le nommé Leturc, l'inculpé Leturc, et enfin le condamné Leturc.

Il resta deux ans hors de prison, dî-
nant à la Californie, couchant dans les
garnis à la nuit, et quelquefois dans les
fours à chaux, et prenant part, avec ses
semblables, à d'interminables parties de
bouchon sur les boulevards, près des

barrières. Il portait la casquette grasse
en arrière, les pantoufles de tapisserie
et la courte blouse blanche. Quand il
avait cinq sous, il se faisait friser. Il
dansait chez Constant, à Montparnasse,
achetait deux sous, pour le revendre
quatre, à la porte de Bobino, le valet
de cœur ou l'as de trèfle servant de
contre-marque, ouvrait à l'occasion une
portière de voiture, entraînait des rosses
au marché aux chevaux. Tous les mal-
heurs ! il tira au sort et amena un bon
numéro. Qui sait si l'atmosphère d'honneur qu'on respire au régiment, si la
discipline militaire, ne l'auraient pas
sauvé ? Repris, dans un coup de filet,
avec de jeunes rôdeurs qui dévalisaient
les ivrognes endormis sur les trottoirs,
il se défendit très énergiquement d'a-
voir pris part à leurs expéditions. C'était
peut-être vrai. Mais ses antécédents tin-
rent lieu de preuve, et il fut envoyé
pour trois ans à Poissy. Là, il fabriqua
de grossiers jouets d'enfant, se fit ta-

touer les pectoraux et apprit l'argot et
le Code pénal. Nouvelle libération, nouveau plongeon dans le cloaque parisien,
mais bien court, cette fois, car au bout
de six semaines tout au plus il fut de
nouveau compromis dans un vol noc-
turne, aggravé d'escalade et d'effraction,
affaire ténébreuse, où il avait joué un
rôle obscur, moitié dupe et moitié re-
céleur. En somme, sa complicité parut
évidente, et il fut condamné à cinq années de travaux forcés. Son chagrin,
dans cette aventure, fut surtout d'être
séparé d'un vieux chien qu'il avait ra-
massé sur un tas d'ordures et guéri de
la gale. Cette bête l'avait aimé.

'Toulon, le boulet au pied, le travail
dans le port, les coups de bâton, les
sabots sans paille, la soupe aux gour-
ganes datant de Trafalgar, pas d'argent
pour le tabac, et l'horrible sommeil du
lit de camp grouillant de forçats, voilà
ce qu'il connut pendant cinq étés tor-
rides et cinq hivers souffletés par le

mistral. Il sortit de là, ahuri, fut envoyé en surveillance à Vernon, où il travailla quelque temps sur la rivière ; puis, vagabond incorrigible, il rompit son ban et revint encore à Paris.

Il avait sa masse, cinquante-six francs, c'est-à-dire le temps de la réflexion. Pendant sa longue absence, ses anciens et horribles camarades s'étaient dispersés. Il était bien caché et couchait dans une soupente, chez une vieille femme à qui il s'était donné comme un marin las de la mer, ayant perdu ses papiers dans un récent naufrage, et qui voulait essayer d'un autre état. Sa face hâlée, ses mains calleuses, et quelques termes de bord qu'il lâchait de temps à autre, rendaient ce roman assez vraisemblable.

Un jour qu'il s'était risqué à flâner par les rues, et que le hasard de la marche l'avait conduit jusque dans ce Montmartre où il était né, un souvenir inattendu l'arrêta devant la porte de l'école des Frères dans laquelle il avait

appris à lire. Comme il faisait très
chaud, cette porte était ouverte, et, d'un
seul regard, le farouche passant put re-
connaître la paisible salle d'étude. Rien
n'était changé : ni la lumière crue tombant par le grand châssis, ni le crucifix
au-dessus de la chaire, ni les gradins
réguliers avec les planchettes garnies
d'encriers de plomb, ni le tableau des
poids et mesures, ni la carte géogra-
phique sur laquelle étaient même encore piquées les épingles indiquant les
opérations d'une ancienne guerre. Distrait et sans réfléchir, Jean-François lut,
sur la planche noircie, cette parole de
l'Évangile qu'une main savante y avait
tracée comme exemple d'écriture :

« Il y a plus de joie au ciel pour un
pécheur qui se repent que pour cent
justes qui persévèrent. »

C'était sans doute l'heure de la ré-
création, car le Frère professeur avait
quitté sa cathèdre, et, assis sur le bord
d'une table, il semblait conter une his-

toire à tous les gamins qui l'entouraient, attentifs et levant les yeux. Quelle physionomie innocente et gaie que celle de ce jeune homme imberbe, en longue robe noire, en rabat blanc, en gros vilains souliers, et dont les cheveux bruns mal coupés se retroussaient par derrière! Toutes ces figures pâlottes d'enfants du peuple qui le regardaient paraissaient moins enfantines que la sienne, surtout lorsque, charmé d'une candide plaisanterie de prêtre qu'il venait de faire, il partait d'un bon et franc éclat de rire qui montrait ses dents saines et bien rangées, et si communicatif, que tous les écoliers éclataient bruyamment à leur tour. Et c'était simple et doux ce groupe dans ce rayon joyeux qui faisait étinceler les yeux clairs et les boucles blondes.

Jean-François le considéra quelque temps en silence, et, pour la première fois, dans cette nature sauvage, toute d'instinct et d'appétit, s'éveilla une mystérieuse, une douce émotion. Son cœur, ce rude cœur cuirassé, que la trique du chiourme ou la lourde poigne de l'argousin tombant sur l'épaule ne faisait plus tressaillir, battit jusqu'à l'oppression. Devant ce spectacle, où il revoyait son enfance, ses paupières se fermèrent douloureusement, et, contenant un geste violent, en proie à la torture du regret, il s'éloigna à grands pas.

Les mots écrits sur le tableau noir lui revinrent alors à la pensée.

« S'il n'était pas trop tard, après tout ? murmura-t-il. Si je pouvais encore, comme les autres, mordre honnêtement dans mon pain bis, dormir mon somme sans cauchemar ? Bien malin le mouchard qui me reconnaîtrait. Ma barbe, que je rasais là-bas, a repoussé maintenant drue et forte. On peut se terrer dans la grande fourmilière, et la besogne n'y manque pas. Quiconque ne crève point tout de suite dans l'enfer du bagne en sort agile et robuste, et j'y ai appris à monter aux cordages avec des charges sur le dos. On bâtit partout ici, et les maçons ont besoin d'aides. Trois francs par jour, je n'en ai jamais tant gagné. Qu'on m'oublie, c'est tout ce que je demande. »

Il suivit sa courageuse résolution, il y fut fidèle, et, trois mois après, c'était un autre homme. Le maître pour lequel il travaillait le citait comme son meilleur compagnon. Après la longue journée, passée sur l'échelle, au grand soleil, dans la poussière, à ployer et à redresser constamment les reins pour prendre le moellon des mains de l'homme placé à ses pieds et le repasser à l'homme placé au-dessus de sa tête, il rentrait manger la soupe à la gargote, éreinté, les jambes lourdes, les mains brûlantes et les cils collés par le plâtre, mais content de lui et portant son argent bien gagné dans le nœud de son mouchoir. Il sortait maintenant sans rien craindre, car son masque blanc le rendait méconnaissable, et puis il avait observé que le regard méfiant du policier s'arrête peu sur le vrai travailleur. Il était silencieux et sobre. Il dormait le bon sommeil de la bonne fatigue. Il était libre.

Enfin, récompense suprême! il eut un ami.

C'était un garçon maçon comme lui, nommé Savinien, un petit paysan limousin, aux joues rouges, venu à Paris le bâton sur l'épaule, avec le paquet au bout, qui fuyait le marchand de vin et allait à la messe le dimanche. Jean-François l'aima pour sa santé, pour sa candeur, pour son honnêteté, pour tout ce que lui-même avait perdu, et depuis si longtemps. Ce fut une passion profonde, contenue, qui se traduisait par des soins et des prévenances de père. Savinien, lui, nature molle et égoïste, se laissait faire, satisfait seulement d'avoir trouvé un camarade qui partageait son horreur du cabaret. Les deux amis

logeaient ensemble, dans un garni assez
propre, mais, leurs ressources étant très
bornées, ils avaient dû admettre dans
leur chambre un troisième compagnon,
vieil Auvergnat sombre et rapace, qui
trouvait encore moyen d'économiser sur
son maigre salaire de quoi acheter du
bien dans son pays.

Jean-François et Savinien ne se quit-
taient presque pas. Les jours de repos,
ils allaient faire ensemble de longues
promenades aux environs de Paris et
dîner sous la tonnelle, dans une de ces
guinguettes où il y a beaucoup de cham-
pignons dans les sauces et d'innocents
rébus au fond des assiettes. Jean-François se faisait alors conter par son ami
tout ce qu'ignorent ceux qui sont nés
dans les villes. Il apprenait le nom des
arbres, des fleurs et des plantes, l'époque
des différentes récoltes; il écoutait avi-
dement les mille détails du grand labeur
bucolique : les semailles d'automne, le
labourage d'hiver, les fêtes splendides

de la moisson et de la vendange, et les fléaux battant le sol, et le bruit des moulins au bord de l'eau, et les chevaux las menés à l'abreuvoir, et les chasses matinales dans le brouillard, et surtout les longues veillées, autour du feu de sarment, abrégées par les histoires merveilleuses. Il découvrait en lui-même une source d'imagination jusqu'alors inconnue, trouvant une volupté singulière au seul récit de ces choses douces, calmes et monotones.

Une crainte le troublait pourtant, celle que Savinien ne vînt à connaître son passé. Parfois il lui échappait un mot ténébreux d'argot, un geste ignoble, vestiges de son horrible existence d'autrefois, et il éprouvait la douleur d'un homme de qui les anciennes blessures se rouvrent; d'autant plus qu'il croyait voir alors, chez Savinien, s'éveiller une curiosité malsaine. Quand le jeune homme, déjà tenté par les plaisirs que Paris offre aux plus pauvres, l'interro-

geait sur les mystères de la grande ville,
Jean-François feignait l'ignorance et
détournait l'entretien ; mais il concevait
alors sur l'avenir de son ami une vague
inquiétude.

Elle n'était point sans fondement, et
Savinien ne devait pas rester longtemps
le naïf campagnard qu'il était lors de
son arrivée à Paris. Si les joies grossières
et bruyantes du cabaret lui répugnaient
toujours, il était profondément troublé par d'autres désirs pleins de dangers
pour l'inexpérience de ses vingt ans.
Quand vint le printemps, il commença
à chercher la solitude et erra d'abord
devant l'entrée illuminée des bals de
barrières, qu'il voyait franchir par les
couples de fillettes en cheveux, se te-
nant par la taille et se parlant tout bas.
Puis, un soir que les lilas embaumaient
et que l'appel des quadrilles était plus
entraînant, il franchit le seuil, et, dès
lors, Jean-François le vit changer peu
à peu de mœurs et de physionomie. Sa

vinien devint plus coquet, plus dépensier ; souvent il empruntait à son ami sa misérable épargne, qu'il oubliait de lui rendre. Jean-François, se sentant abandonné, à la fois indulgent et jaloux, souffrait et se taisait. Il ne se croyait pas le droit d'adresser des reproches ; mais son amitié pénétrante avait de cruels, d'insurmontables pressentiments.

Un soir qu'il gravissait l'escalier de son garni, absorbé dans ses préoccupations, il entendit dans la chambre où il allait entrer un dialogue de voix irritées, parmi lesquelles il reconnut celle du vieil Auvergnat qui logeait avec lui et Savinien. Une ancienne habitude de méfiance le fit s'arrêter sur le palier, et il écouta pour connaître la cause de ce trouble.

« Oui, disait l'Auvergnat avec colère, je suis sûr qu'on a ouvert ma malle et qu'on y a volé les trois louis que j'avais cachés dans une petite boîte ; et celui qui a fait le coup ne peut être qu'un

des deux compagnons qui couchent ici,
à moins que ce ne soit Maria, la servante. La chose vous regarde autant que
moi, puisque vous êtes le maître de la
maison, et c'est vous que je traînerai
en justice, si vous ne me laissez pas
tout de suite chambarder les valises des
deux maçons. Mon pauvre magot! il
était encore hier à sa place, et je vais
vous dire comment il est fait, pour que,
si nous le retrouvons, on ne m'accuse
pas encore d'avoir menti. Oh! je les
connais, mes trois belles pièces d'or, et
je les vois comme je vous vois. Il y en
a une plus usée que les autres, d'un or
un peu vert, et c'est le portrait du
grand Empereur; l'autre, c'est celui
d'un gros vieux qui a une queue et des
épaulettes, et la troisième, où il y a
dessus un Philippe en favoris, je l'ai
marquée avec mes dents. C'est qu'on ne
me triche pas, moi. Savez-vous qu'il ne
m'en fallait plus que deux comme ça
pour payer ma vigne. Allons! fouillez

avec moi dans les nippes des camarades, ou je vais appeler la garde, fouchtra !

— Soit, répondit la voix du patron de l'hôtel, nous allons chercher avec Maria. Tant pis si vous ne trouvez rien et si les maçons se fâchent. C'est vous qui m'aurez forcé. »

Jean-François avait l'âme remplie d'épouvante. Il se rappelait la gêne et les petits emprunts de Savinien, l'air sombre qu'il lui avait trouvé depuis quelques jours. Cependant il ne voulait pas croire à un vol. Il entendait l'Auvergnat haleter, dans l'ardeur de sa recherche, et il serrait ses poings fermés contre sa poitrine, comme pour comprimer les battements furieux de son cœur.

« Les voilà ! hurla tout à coup l'avare victorieux. Les voilà ! mes louis, mon cher trésor ! Et dans le gilet des dimanches de ce petit hypocrite de Limousin. Voyez, patron, ils sont bien comme je vous ai dit. Voilà le Napoléon, et l'homme à la queue, et le Philippe que j'ai mordu. Regardez l'encoche. Ah! le petit gueux, avec son air de sainte-nitouche. J'aurais plutôt soupçonné l'autre. Ah! le scélérat! faudra qu'il aille au bagne. »

En ce moment, Jean-François entendit le pas bien connu de Savinien qui montait lentement l'escalier.

« Il va se trahir, pensa-t-il. Trois étages. J'ai le temps. »

Et, poussant la porte, il entra, pâle comme un mort, dans la chambre où il vit l'hôtelier et la bonne stupéfaite dans un coin, et l'Auvergnat à genoux parmi les hardes en désordre, qui baisait amoureusement ses pièces d'or.

« En voilà assez, fit-il d'une voix sourde. C'est moi qui ai pris l'argent et qui l'ai mis dans la malle du camarade. Mais c'est trop dégoûtant. Je suis un voleur et non pas un Judas. Allez chercher la police. Je ne me sauverai pas. Seulement il faut que je dise un mot en particulier à Savinien, que voilà. »

Le petit Limousin venait en effet
d'arriver et, voyant son crime découvert,
se croyant perdu, il restait là, les yeux
fixes, les bras ballants.

Jean-François lui sauta violemment
au cou, comme pour l'embrasser; il
colla sa bouche à l'oreille de Savinien,
et lui dit d'une voix basse et suppliante :

« Tais-toi ! »

Puis se tournant vers les autres :

« Laissez-moi seul avec lui. Je ne
m'en irai pas, vous dis-je. Enfermez-
nous si vous voulez, mais laissez-nous
seuls. »

Et, d'un geste qui commandait, il
leur montra la porte. Ils sortirent.

Savinien, brisé par l'angoisse, s'était
assis sur un lit et baissait les yeux sans
comprendre.

« Écoute, dit Jean-François qui vint
lui prendre les mains. Je devine. Tu as
volé les trois pièces d'or pour acheter
quelque chiffon à une fille. Cela t'aurait
valu six mois de prison. Mais on ne

sort de là que pour y rentrer, et tu serais devenu un pilier de correctionnelle et de cours d'assises. Je m'y entends. J'ai fait sept ans aux Jeunes Détenus, un an à Sainte-Pélagie, trois ans à Poissy, cinq ans à Toulon. Maintenant, n'aie pas peur. Tout est arrangé. J'ai mis l'affaire sur mon dos.

— Malheureux ! s'écria Savinien ; mais l'espérance renaissait déjà dans ce lâche cœur.

— Quand le frère aîné est sous les drapeaux, le cadet ne part pas, reprit Jean-François. Je suis ton remplaçant, voilà tout. Tu m'aimes un peu, n'est-ce pas ? Je suis payé. Pas d'enfantillage. Ne refuse pas. On m'aurait rebouclé un de ces jours ; car je suis en rupture de ban. Et puis, vois-tu, cette vie-là, ce sera moins dur pour moi que pour toi ; ça me connaît, et je ne me plains pas si je ne rends pas ce service pour rien et si tu me jures que tu ne le feras plus. Savinien, je t'ai bien aimé, et ton ami-

tié m'a rendu bien heureux; car c'est
grâce à elle que, tant que je t'ai connu,
je suis resté honnête et pur, et tel que
j'aurais toujours été peut-être, si j'avais
eu comme toi un père pour me mettre
un outil dans la main, une mère pour
m'apprendre mes prières. Mon seul regret, c'était de t'être inutile et de te
tromper sur mon compte. Aujourd'hui,
je me démasque en te sauvant. Tout
est bien. — Allons, adieu! ne pleur-
niche pas, et embrasse-moi; car j'entends déjà les grosses bottes sur l'escalier. Ils reviennent avec la rousse, et
il ne faut pas que nous ayons l'air
de nous connaître si bien devant ces
gens-là. »

Il serra brusquement Savinien contre
sa poitrine; puis il le repoussa loin de
lui, lorsque la porte se rouvrit toute
grande.

C'était l'hôtelier et l'Auvergnat qui
amenaient les sergents de ville. Jean-
François s'élança sur le palier, tendit

ses mains aux menottes et s'écria en riant :

« En route, mauvaise troupe ! »

Aujourd'hui, il est à Cayenne, condamné à perpétuité, comme récidiviste.

TABLE

Impr. A. LEMERRE, 6, rue des Bergers, Paris.